卓尔文库·大家文丛

西风故道

叶廷芳——著

海天出版社（中国·深圳）

图书在版编目（CIP）数据

西风故道／叶廷芳著. —深圳：海天出版社，2016.9
（卓尔文库·大家文丛）
ISBN 978-7-5507-1732-9

I.①西… II.①叶… III.①散文集-中国-当代 IV.① I267

中国版本图书馆 CIP 数据核字 (2016) 第 196608 号

西风故道
XI FENG GU DAO

出　版　人：聂雄前
出　品　人：刘明清
责任编辑：韩慧强　王媛媛
责任印制：李冬梅
封面题签：王之鏻
装帧设计：浪波湾工作室

出版发行：海天出版社
地　　址：深圳市彩田南路海天综合大厦（518033）
经　　销：全国新华书店
印　　刷：北京新华印刷有限公司
开　　本：787 毫米 ×1092 毫米　1/32
字　　数：117
印　　张：6
版　　次：2016 年 9 月第 1 版第 1 次印刷
定　　价：68.00 元

策　　划：大道行思文化传媒有限公司
地　　址：北京市海海淀区蓝靛厂南路 55 号金威大厦 707—708 室（100097）
电　　话：编辑部（010-51505219）　　发行部（010-51505079）
网　　址：www.ompbj.com　　邮箱：ompbj@ompbj.com
新浪微博：@大道行思传媒　　微信：大道行思传媒（ID：ompbj01）

目　录

冯至先生的几个闪光点

——纪念冯至先生 110 周年冥诞

  冯至先生生于 1905 年，卒于 1993 年，几乎是整个 20 世纪的见证者。尽管这个世纪可能是历史上最动荡、最复杂的世纪，这位杰出诗人和严谨学者还是成为我们领域学贯中西的一代宗师。他在 20 世纪至少有过三次辉煌：20 年代以《昨日之歌》和《北游及其他》两部诗集，在中国诗坛崭露头角，甚至被鲁迅誉为当代"中国最为杰出的抒情诗人"；50 年代随着第一部论著《杜甫传》的出版和北大西语系主任资格的获得，步入学术殿堂，而且跻身于中国科学院哲学社会科学部第一批也是唯一的一批学部委员之列，并成为外国文学研究所所长，同时还被中宣部任命为《中国文学史》和《欧洲文学史》的编写负责人；80 年代由于又一部学术力作《论歌德》的问世，成为我国德语文学乃至外国文学界无可争议的泰斗和中国作家协会副主席、两届全国人大代表。

  在学术界，一个人值不值得人们怀念，除了他在事业上的硬件以外，还要看他在精神人格和学者人格方面的软件有没有留下一些闪光的东西。我颇荣幸，当初出于仰慕，选择了德语专业，有幸直接接受他的教导；后来又一起来到外国文学所，始终直接在他的领导和指导下工作，直到他逝世。可以说，在他的所有学生中，我是与他相处时间最长、接触机会最多也是受益最大的一个。作为学者和老师，冯至先生生前在我心中一个最耀眼的亮点发生在1958年开始的"大跃进"年代。当时北大在"要用党校标准办大学"的口号蛊惑下，在西语系掀起了一股"批判西方资产阶级文学"的热潮。各个专业都忙着拟定自己的重点批判对象。德语专业的五个年级的一百多位师生集中在民主楼楼上的一间大教室里，大家几乎一致提出要以歌德为批判重点，因为歌德年轻时就欣然去朝廷做大官，不惜与王公贵族为伍，而且恩格斯也说他有"渺小"的一面。这时站在讲台上主持会议的冯至先生表现出一丝难言的苦衷，但大家都在眼睁睁地等待着他回答。最后冯先生不得不以深沉而诚恳的语调说："同学们，你们现在还不知道，歌德在德国人民的心目中具有多么崇高的威望！如果我们批了歌德，会伤害德国人的民族感情的。""伤害民族感情"六个字掷地有声，大家心灵上受到极大的震动，会场上久久鸦雀无声。冯先生鼓励大家提别的作家，但个个目瞪口呆。这个由冯先生亲自主持的大批判动员大会就这样不了了之。结果，英语专业和法语专业都有了重点批判对象，只有我们德语专业没有对象。后来我一直想，冯先生作为全系的主要负责人，给同学们的革命热情泼了这么大的一瓢冷水，这在当时是冒了很大风险的。

他在大会上的这一勇敢行为，在他力所能及的范围内，给当时甚嚣尘上的"左"倾思潮一个有力的阻击，不仅维护了德国古典文学的尊严，保护了德国人民的民族感情，而且也维护了北京大学在德国人民面前的固有形象，尤其重要的是给我们这些根基还很浅的青年学子上了一堂"什么是科学态度"的深刻一课。

在这个至关重要的学风问题上，冯至先生还给我的记忆留下一个深刻的印象。90年代初，我在编一部论文集，邀请多人分别撰写十几位现代主义作家，每篇三四万字。其中里尔克这一篇，我想非冯至先生莫属。但开始他不大肯答应。于是我以激将法激励他。我说："您是以学贯中西著称的学者，国外的您抓了顶尖儿的诗人歌德，国内的您抓了顶尖儿的诗人杜甫，这是您学术战略上的横向平衡。而在德语文学领域，古代的您抓了最大的，现代的您抓的里尔克在德语诗人中也是最大的，这是纵向的协调。只是您关于里尔克写得还不够多，如能通过这篇长文充实一下，这对后辈也是一种欣慰。"结果他答应了。但截稿时冯先生未能交稿。于是我给他宽限三个月又三个月。最后我去要稿时，他却抱歉地说："叶廷芳，我跟你说实话：里尔克的后期作品我并没有搞懂。"我听了十分震惊，觉得这位老先生真了不起，居然在后辈面前摧毁自己的权威形象。我便宽慰他，说："现代派的作品看不懂是常事，但研究资料那么多，您参考一下别人的就是了。"他马上反驳说："诗这东西主要靠个人理解，别人写的是别人的看法。不知为不知，人云亦云那是问心有愧的！"

先生这样执着于严格要求自己，这使我内心深为感动。这是前辈学者对后辈的最有力的言传身教。在尔后的学术生涯中，他的这段话时时都在警策着我。

冯至先生这种可贵的学风在他的学术研究中处处表现出来。不求多，不求快，但求精。例如《杜甫传》和《论歌德》这两部力作，写的是两位世界级大家，但都是薄薄的，每本十几万字。他送我《论歌德》的时候，我在表示高兴和感谢之余，建议他能够再写一本。他很不以为然地说："写那么多有什么好，这些就够了！"的确，歌德写《浮士德》前后达60年，写出了他对生命全过程的体验。冯至写歌德，从20世纪40年代到80年代，前后也花了40年，也融入了他一生的体验。正如歌德关于他所写的《塔索》所说的：这是他"骨中的骨，肉中的肉"。我们也可以说，冯至的《论歌德》是他用骨肉锻造出来的，是他用毕生的精血凝成的，读起来的时候，与其说是理论的阐述，毋宁说是与歌德进行生存体验的心灵交流。这样的著作确实不能多写，否则，是在"制造"篇幅了！

作为教师，冯至先生给我留下的印象是个诲人不倦的师长。这方面我也有个难忘的感受：在我三年级的时候，冯先生遵照中宣部副部长周扬的指示，从我们这个年级的四个语种中挑选出一部分文学爱好者成立"文学专门化班"。冯先生除了从哲学系和中文系分别调来了朱光潜和钱学熙两位教授给我们开设西方美学和文艺理论课，他自己还亲自教我们文学史和文学选读。期间最使我难忘的，是他指导我们翻译的情景。当时的《世界文学》为了让我们练练译笔，约我们文学班翻译两篇难度不太大的文章。我们抽了三四个人承担，译好后送给冯先生过目。我们以为经过我们自己互译互校，问题总不会很大吧。但发下来一看，我们傻了：满篇都是密密麻麻修改过的红字！不仅如此，他还用了整整两个晚上，亲自到民主楼的教室里来，非常耐心和详细地向我们解释，为什么这句话这样译不行，那个字那样译才对，等等，态度极为诚恳与和蔼。我们感到，他真的在用自己的心血来培养我们，使我们深受感动。在日常学习、工作中他也是有问必答，从不拒绝的。"文革"后期从干校回来后，我看了几本德文书，那时离他很近，仅隔一条马路，我一遇到语言上的问题，就去他家里问他。那时没有电话，直接就去敲门，他从未感到厌烦，而且看到我在抓紧学习，感到很高兴，有问必答。有的问题一时没有查到，过后查到了，他也要用纸头写下来，然后设法交给你。

冯先生是个严于律己的人，在时代急剧发展的过程中，他总是想竭力跟上时代的步伐。像上山下乡这样的事情，对一般青年学生来说，算不了什么，可对于像冯先生这样一向生活比较优裕的老教授来说，相对地讲要艰苦得多。但是他总是以身作则，几乎每次都争取参加。尤其是 1960 年的冬天，他随我们那个班的五年级毕业班，去十三陵农村待了半年之久！那是三年困难时期，而且那个冬天特别寒冷，最低达到零下 20 摄氏度。回来后他却风趣地对我们说："这次下去好比减肥运动，我的裤腰带松了三个扣眼，我的体重减轻了 20 斤。"

仅就上述点滴回忆，冯至先生作为诗人、学者和教育家这三种身份都是非常合格的。在浮躁风弥漫的今天，我们缅怀冯至先生这种求真、求实的严谨学风和一丝不苟的诲人不倦精神，是格外有意义的。

襟怀坦荡的翻译大师

对于人文学界来说，今秋（2009年）真是个灾难的季节：继两位大师——季羡林和任继愈先后离开我们没多久，如今又让我们痛悼良师杨宪益了。而这几个月来我一直在暗暗祈祷，祝愿杨老能够再一次扳倒病魔，化险为夷，就像这三四年来他一次再一次击退病魔的袭击一样。不想昨天下午刚从南方回来，报界便传来杨老仙逝的噩耗，不禁令我悲痛万分。我历来不仅惊叹他出众的才华和翻译上的伟业，而且更仰慕他高尚的人品和人格，而这后一点对我国知识界来说尤其是难能可贵的。正是这一点促使我近一二十年来较多地主动接触他、常常看望他。如今他的音容笑貌历历在目，而这一切从此一去不复返了，怎不令我潸然泪下！

杨先生出生于富豪家庭。但优厚的生活条件没有使他成为贪图安逸的纨绔子弟，却使他养成豁达大度、宽厚为人的性格，以至他进英国牛津大学不久便获得同学们的爱戴，很快就被选为学生会主席，而且赢得同学中一位美丽少女的芳心。这就是后来不顾父母的强烈反对，毅然与他结为伉俪，并终身厮守、相濡以沫的爱妻戴乃迭。这一婚姻之重要不仅是生活上的，更是事业上的。戴乃迭是一位在中国生活过的传教士的女儿，从小就喜爱中国文化和文学，对翻译也很感兴趣，因而成了杨宪益在翻译事业上的最佳的得力搭档。这一对比翼齐飞的好夫妻，由于各自母语和外语都相当过硬，翻译起来如虎添翼，真个是硕果累累。你看，《离骚》《魏晋南北朝小说选》《唐代传奇选》《唐宋诗歌文选》《宋明评话小说选》《聊斋》《资治通鉴》(选)《老残游记》《长生殿》《牡丹亭》《儒林外史》，特别是压轴之作《红楼梦》。此外还有大量短篇的译作。难怪有人打趣说，他俩几乎"翻译了整个中国"！不难想象，杨宪益为有这样一份良缘多么自豪和欣慰。怪不得有一次我去看望他时，他笑眯眯地、不无神秘地用手指指他的卧室。我还以为他想让我欣赏他陈列在橱柜上的珍藏。我一件件欣赏完后就出来了，这时他又用手更有力地向里指了指。哦，原来他主要想让我看他摆在里面柜子上的戴乃迭的遗像，那美丽、高贵、富有学者风范的头像。可见他对这位先他而去的妻子思念有多深！

他的思念怎么能不深呢？这一对郎才女貌不仅是幸福的好伴侣和合作的好战友，而且也是一对患难夫妻。1940年，正是国难当头的时候，他俩没有像某些人那样，继续留在相对安全的英国，安心做自己的学问，而是宁愿选择危险和艰苦，回国参加抗日救国。乃迭虽然没有加入中国籍，但她视中国如祖国，愿与杨宪益同甘共苦，奔波于中国大西南，时而在贵州执教，时而在重庆和成都当翻译，不仅经常迁徙，还得随时躲避敌机的轰炸。就在这样艰险的环境下，这一对恩爱情侣，一个在豪门富户长大，一个千金小姐出身，却双双自觉地经受着锻炼和考验，顽强而愉快地坚持着抗日工作，而且还欣然生下了二女一男。

新中国成立后他俩被安排在外文出版局工作，主要在著名作家叶君健主持的英文版《中国文学》当翻译。他们上述的许多译作就是在这里完成的。然而好景不长。随着当时政治运动的频频进行和步步深入，由于他的国际婚姻背景，更由于这位性情中人广泛交游中从不设防的习性，他与个别敏感人士的关系的"疑点"至20世纪50年代末终于显露了出来，而他自己也渐渐感觉到了。这个向来达观的汉子，从此背上了沉重的精神包袱，工作也受到限制。这精神十字架一直背到"文革"开始后的1968年，大难终于临头：他与爱妻双双被捕入狱，却并不关在一起，而是分而监之，彼此音信全无，比牛郎织女还要难熬。四年以后，他们终于重见天日。但一个更大的打击向他们袭来：他俩唯一的儿子"文革"后移居英国，却因多年的家庭遭殃而导致精神分裂，在一个亲戚家里自焚身亡了。这一难以接受的悲剧甚至使戴乃迭第一次对丈夫产生怨尤。

之所以蒙受牢狱之灾，从主观原因讲，还是源于他交游不设防的性情：抗日期间他曾在重庆结识了一位英国外交官，成为好朋友。后来这位外交官随国民党政府撤往台湾了。这在那个"敌特"满天飞的年代，岂能避得开监狱的门槛。但杨宪益毕竟是个襟怀坦荡的人，即便在狱中他依然与囚徒们谈笑风生，给年轻狱犯讲故事，甚至教他们唱苏格兰民歌。出狱以后他也没有怨天尤人，而且依然不改曾经要求入党的初衷，在胡耀邦担任总书记的那些年头，毅然加入了共产党，而且严格以共产党固有的宗旨要求自己，这就是：从人民的利益和呼声出发，坚持对真理的追求，以不说假话为人格的底线，始终坚持对人类良知的恪守。这是中国知识分子最难能可贵的品德。他是最值得我们悼念和学习的良师。

袁可嘉，外国文学领域不可替代的角色
——在袁可嘉诗歌创作与理论研讨会上的发言

我想着重谈谈袁可嘉先生对于现代外国文学研究领域的贡献。

老袁在改革开放初期，扮演了一个不可替代的角色。因为改革开放初期，中国的外国文学界面临着一个任务，就是所谓"突破禁区"。在"文革"当中，西方的文学不管是现代派还是古典派都被禁止了，改革开放以后，古典文学要开放是没有问题的，但是现代派文学，那时还被称为"颓废派文学"，大家一说起来就谈虎色变。老一代人缺乏勇气，而新一辈有勇气却没有底气。这个时候，既有勇气又有底气的是袁可嘉先生。他本人就是诗人，且早在20世纪40年代就从事西方现代文学的研究，并亲自尝试创作现代诗歌，是属于当时致力于现代诗歌创作的九人群体即九叶派成员之一。在我国的外国文学领域里面，我对既能创作又搞研究的人非常钦佩。真正搞外国文学研究的人首先应该有文学细胞，只是懂一些外文而不会写作就来从事外国文学研究，严格意义上不应该叫文学家，而袁可嘉先生就可以称为文学家。

另外，刚才说了，老袁在新中国成立以前就从事现代派文学的研究，而我们这些人新中国成立以后搞外国文学总是战战兢兢的，怕弄不好就沾上资产阶级文学的边、颓废派的边。而在老袁开始搞现代派文学的那个年代，没有这个禁锢，他当时跟徐志摩等人来往相当密切，确实是从自己的兴趣爱好出发的。所以老袁在改革开放之初的角色是不可替代的，他比老一辈小几岁，比我们这一辈则大几岁，他正好有这方面的基础和实力，他对西方现代派文学有真切的体验。另外，老袁还有一个优势，就是他搞的是英语文学，英语是大语种，覆盖面很广，于是他能够掌握全局的、普遍性的东西，他这一点也是我们所不能及的。

以下我从五个方面讲讲老袁的贡献。

一是在改革开放之初，他应上海文艺出版社的约请，跟董衡巽、郑克鲁一起主编了一套《外国现代派作品选》，一共四卷八册，把西方现代派中具有代表性的流派与作品都囊括进去了。虽然是三个主编，但我认为起核心和主导作用的是老袁，另两位同行跟我们年龄差不多，还不具备老袁这样的实力。老袁的实力还表现在他写的一万多字的序言里，把现代派的来龙去脉、社会背景、思想特征、艺术表现特征都扼要地介绍了，特别是现代派里面不能回避的关于异化的问题，这在当时还是禁区，但老袁没有回避，谈了异化的主要内容。这在现在看来，还是经典性的，被大家广泛引用，包含了人与自然、人与社会、人与人、人与自我这四个方面，这是对大家启发最大的。

二是他负责编选了《现代主义文学研究》，这套书共上下两册，包括英语、德语、法语、西班牙语、俄语五个语种，我参与了德语语种的编写。我感到这里面他是主角，是起统领作用的。这套书选的是理论，是外国一些名家关于现代派文学的各种论述，包括思潮、流派、争论、宣言等内容。我们要认识什么是现代主义，通过这套书是可以入门的。老袁在这里面花了很多力气，是有贡献的。

三是在编了这两套书的基础上，写了《外国文学研究概况》与《英美现代诗论》两本专著，把他原来的一些观点展开来，进行比较深入地论述。我们要了解什么是西方现代主义文学，袁可嘉的这两本书是不可缺少的。现在外国文学教学领域，很多教师都把袁可嘉先生的这些著作当作教材，当作学习的内容。

四是他步入了后现代的研究领域，在研究结构主义的基础上，研究了解构主义。我记得我花了很长时间解读他的作品，还是很难读懂。他要掌握解构主义，我想他花费的工夫是相当多的，而且只有他才能进入这样的语境。

五是袁可嘉的可爱还在于他有书生气，比较勇敢，虽然他年龄比我们大一些，但是有关一些敏感问题的争论，他都不回避，勇于参加。比如说对于有些既好像是社会主义作家，又好像是现代派作家的处理，编者是有压力的。他比较聪明，专门用了一卷，"两可"，就是有些作家从世界观来讲好像是属于社会主义的，但是某些作品或美学主张好像属于现代主义的，他就把这些作品放到"两可"的那一卷里。再一个就是袁可嘉对现代主义深入的研究，对某些概念的表述比较准确。从这点来讲，袁可嘉在我国现代主义文学的研究中起了决定性的影响，他的功劳是不可磨灭的。

钱春绮先生的翻译传奇

2010 年新年伊始，元月 3 日一早，我就驰往首都机场，办好了手续，准备直飞上海，参加第二天举行的钱春绮先生翻译研讨会。不料这天大雪纷飞，飞机迟迟不能起航，直至最后航班取消！不过后来听说研讨会如期举行，而且开得很好，钱老在医院里听了非常高兴，这使我殊为宽慰。想不到刚刚过去一个月，本月 3 日却传来噩耗：钱先生已经走完了一生的全程，永远地走了！这使我深感惊愕与意外：想起两年前电话里他那响亮的声音，敏捷的思维和说笑的神气，谁都不会怀疑，这位虚岁已届米寿的老者，十年八年内不必担心他的离去！这时我诅咒 1 月 3 日的天气了：它强行阻断了我与钱老最后告别的机会！

钱先生致力于翻译工作已经 50 多年。在这漫长的岁月里，他深居简出，呕心沥血，孜孜以求，在德语文学的翻译方面取得了骄人的成就。可以说，在健在的德语文学翻译家中，钱先生的诗歌翻译无论在数量上还是质量上都是堪称一流的。仅凭这一点，我们这些同行和后生就有足够的理由来认真总结一下他的工作经验，评价一下他的治学精神和态度，以便从中获益，从而提高我们自己。尤其在当前翻译水平普遍下滑、职业道德屡见缺失的情况下，我们这样做就尤为必要。同时，生于1921年的钱春绮先生，按虚龄讲，今年恰好是他的90大寿，按实龄讲，又正当米寿之年，研讨会既是庆功会又是祝寿会。这对于钱先生来说，无疑是当之无愧的。

根据我对钱先生的粗浅了解，我认为他的翻译业绩和治学精神至少可以概括这样五个字，即专、诚、博、识、晓。

首先是专。这是钱先生翻译的最大特点。他不是把网撒得很大，今天译经济，明天译法律，后天译文学……文学方面他也不是一下小说，一下戏剧，一下散文。他的目标非常集中，主要专注于诗歌。我大略算了一下，他翻译的诗歌作品的数量，大概占了他全部译作的75%的分量。尤其在早期，在五六十年代，几乎全是诗歌：如海涅的《诗歌集》《新诗集》《罗曼采罗》《德国诗选》《德意志民主共和国诗选》《尼伯龙根之歌》等。"文革"后是《歌德抒情诗选》《歌德叙事诗集》《浮士德》《席勒诗选》《德国浪漫主义抒情诗选》《尼采诗选》《里尔克诗选》《恶之花·巴黎的忧郁》《荷尔德林诗选》等等。不错，他也译了一些散文、戏剧甚至小说作品，但多半也是由于"爱屋及乌"，他实在太喜爱那些诗人了，因而把他们的散文里的精华也一起给译了！而这些诗人的散文确实也很精彩，所以就有了他译的《海涅散文选》《里尔克散文选》《尼采散文选》《叔本华散文选》《瓦莱里散文选》，以及席勒的戏剧作品等等。这样专心致志于诗歌的翻译，不仅德语界独一无二，别的语种也寥寥可数，而且他们在专方面也达不到钱先生的程度。因为他们都难免要写篇什么文章，或编一本什么书之类。而钱先生除了自己译本的前言后记之外，几乎就没有见他写过诗歌以外的什么东西。其实他也不乏写诗的才能，事实上也经常写写，但那不过为了自娱自乐，或浇心中之块垒，并不谋求发表，以与翻译争锋。为了把所有的时间和精力腾出给翻译，他真正做到了心无旁骛。稍有点翻译经验的人都知道，文学的各类体裁中，诗是最难译的。要把它译好，摸出一套规律，确实需要你花费毕生的心血去琢磨。钱先生的这种专注精神，在译界是罕见的，因此是个传奇。

钱先生翻译的第二个特点是诚，他对诗歌翻译的爱，爱得很诚，诚到痴的状态。大家知道，钱先生原来是学医的，已经在一家大医院工作了十几年，他也很爱他的专业，而且已经初露锋芒，小有成就，出版了几本著作。但是，他一旦受到诗歌翻译的诱惑，跌入译诗的怀抱，就像中了爱神丘比特的箭，如痴如醉，忘乎所以，不顾一切，再也不能自拔了，以至连饭碗也"去他娘"了！据我一生的观察和体验，一个人要干一番事业，这个"痴"字很重要。两个人聪明才智差不多，一个日常生活很精明，处处锱铢必较；一个则平时大大咧咧，无所用心，但一旦投入工作，就痴迷不已，废寝忘食。这后一种人则可能有大成就。根据科学的说法，一个人一生当中，一般只开发出10%的智慧。能不能突破这10%的界限，开发出更多的潜能，就看你有没有一股子傻劲：忘了擦汗，忘了饥渴，对各种诱惑都感到漠然，唯有对他的工作对象怀着不可抵御的兴趣，这兴趣推动他爆发出攻克一切的能量和耐力。我认为，钱春绮先生就属于这种人。想想看，"铁饭碗"在我们国家是个至关重要的事情，因而是个很诱人的东西，尤其在计划经济时代。扔掉一个很像样的"铁饭碗"而自谋职业，这意味着你拿不到一分钱的工资，得不到医疗保险，失去了单位和集体对你的保护，这在那个年代是一种不可思议的行为，因而是绝无仅有的现象。因此钱先生当时在这点上的表现，也是一个传奇。那么，钱先生为什么不要这个饭碗呢？医疗单位不尊重你的选择，但凭你五六本译作，在文艺界、出版界、新闻界另找一个饭碗，难道会有什么困难吗？估计不会有太大的困难。我想他之所以没有这样做，按我的猜想，大概一个是为了换取更多的时间，一个是为了求得平和的心境。因为在那个年代，有个单位，会有很多啰唆事：经常要开会，要参加政治学习，要参加政治运动，要汇报思想，有点事还得请假等等。正像存在哲学家萨特说的：生活是"粘兹"的，是"令人恶心"的。现在回过头去看，确实，这一切跟翻译到底有多少相干呢？因此，钱先生当时的断然决定是明智的，不然我们今天就看不到他那么多的译作，说不定"文革"中他还少不了挨批斗。

钱先生翻译的第三个特点是博。关于翻译我向来有一个观点，认为文学翻译至少应该具备四个条件：一是外语掌握要过硬。这一点很容易理解：不过硬，那么"信、达、雅"的第一关"信"你就过不了。二是母语功底要扎实。这也容易理解，因为文学是一门艺术，首先是语言的艺术，不仅语法要规范，词汇尽可能丰富，修辞还得讲究，从而使语言产生魅力。否则，你即使做到了"信"，却不一定能做到"达"，更不用说"雅"了。当然附带说一下，在对待"雅"的时候，有一个前提，即原文是不是雅。如果原文不雅，你译得很雅，那就与"信"冲突了。三是知识要渊博。文学作品涉及天文地理，无所不包。知识贫乏，就会捉襟见肘，有时还会出洋相，例如把蒋介石译作蒋开升。四是悟性要好。文学是想象的事业，想象如天马行空，无所约束，尤其是潜意识的内宇宙，更是千奇百怪。翻译之难，难就难在经常遇到一些疙瘩，一些节骨眼，让人煞费苦心而不得其解，这时常常需要调动你的悟性。悟性就是一种融会贯通的能力，一种灵感性的东西。只有悟性能使译文传神。以上四个要素无疑钱先生都是具备的。我这里要强调的是第三点，即他的博。除了一般的知识丰富以外，他还表现在掌握外语的博。除了德文，他还通晓英文、法文、俄文和日文。此外，他还学过古希腊语和拉丁语。如果说一般的知识丰富，不少人都能做到，多读点书就是了。但掌握五门外语，谈何容易。因为我自己也做过掌握四门外语的梦：英、俄、法和德语。我中学学了六年英语，大学第二外语是俄语，我夫人是科班法语。掌握四门有何难哉！不料，"文革"十年的荒疏，几乎连德文都忘光了！"文革"后，赶紧抢救饭碗，其他就顾不上了！直到现在，我也没有能改变这种独一无二的状况。可钱春绮先生也经历了"文革",他为什么就没有荒废什么,五门外语门门在手呢?我经过反思,发现我跟钱先生的差异是六个字:目标、信心、毅力。他的目标专一,也就是上面说的对翻译这一行爱得很深,而且很诚。信心,说明了他坚信人类知识的价值是永存的,说明他拒绝了当时流行的所谓"读书无用论"的蛊惑。毅力,就是说他矢志不移,坚持不懈,"咬定青山不放松",即使上万册外文书被抄走,他也不气馁,不懈怠,日积月累,把五门外语牢牢抱在手中。

对钱先生这样务实的翻译家来说,五门外语不是摆设。他是要派它们做用场的。同行们可能都有这样的感觉,就是中国人单靠我们自己的知识背景,是对付不了欧洲的历史、文化、宗教、文学范畴内的知识的,我们必须依靠外语。一门外语就是一个得力的帮手。在这方面钱先生显然比我们尝到了更多的甜头。他不仅通过它们翻译了一部分德语文学以外的作品,更重要的是他通过多门外语查阅了大量的史料、典故、术语和词汇。纵览他的翻译历程就会发现,越到晚年,不仅他的译文越练达,越精致,而且他的注释越多越详尽,以至诞生了钱先生译的《查拉图斯特拉如是说》这样的详注本。尼采的这部奇书,熔文学、哲学、美学于一炉,涉及多门学科的知识,不加详注,则一般读者是很难完全读懂的。但以前的几个译本,有的一个注释都没有!有注释的也只有十几条而已,显然是无济于事的。而2009年出版的钱译本,即钱春绮先生的详注本，注释达1800条之多，约占全书五分之一的篇幅。除了田德望教授从意大利文译的但丁《神曲》那部创纪录的详注本以外，我们德语文学的中译本中，迄今还没有见到第二部。这样的译本不仅具有阅读价值，而且还具有学术价值。钱春绮先生也因此堪称"学者型翻译家"。

在钱先生博的范畴中，除了多语种的长处外，还有母语功底中对国学的修炼。这也是从我们这一代起所普遍缺乏的。钱先生小时候读的是私塾，他读的不是《三字经》《百家姓》这类浅近的读物，而是《大学》《论语》《孟子》等较高级的书籍。他尤其喜欢左丘明的《左传》，他自己说当时就背得"滚瓜烂熟"。难怪读钱先生的译作时，常感到一种古色古香的味道。

钱春绮先生从事翻译的第四个特点是识，即见识。翻译队伍中常见的是两类人：一类是被动型的译者。他们对翻译的作品没有选择，有什么，译什么。出版社叫他译什么，他就接受什么。另一种是自主性的翻译，他不盲目接受任务，他要根据自己的兴趣、自己的价值判断来说服或左右出版社接受他的建议。这类译者具有战略眼光，具有远见卓识，他知道什么最值得译，什么最急需译，什么作品能够投合时代思潮，因而能够激起社会反响，因此而取得事半功倍的成效。当年郭沫若就具有这种特点。他首先抓住德国最大的作家，"五四"时期翻译他的《少年维特之烦恼》《浮士德》第一部，他测中了中国社会的脉搏，一炮打响。其实他当时的德文水平并不高，他是学医的嘛，他还得学日文，还得学英文，还大量写诗，怎么可能有很好的德文？但他有眼力，他看得很准，这鼓动了他的勇气，所以一举成功。钱春绮先生也具备这种能够把握大方向的战略眼光，他把他相中的目标统统揣在胸中，然后脚踏实地地一步一步去实施。要知道50年代那时候，官方强调的是无产阶级的或社会主义的革命文学，西方古典文学一般都被贴上资产阶级的标签，一般人是不敢问津的。但钱先生看准了海涅和马克思的非同寻常的友谊，看准了海涅《诗歌集》中充满情哥情妹的内容被他《新诗集》中"我是剑，我是火焰"的锋芒所掩盖，他一口气译了海涅的三部诗集，全被出版社采用。这位半路出家的医生，没有经过什么铺垫，一步就登上中国的译坛！紧接着他选编并翻译的《德国诗选》以及《尼伯龙根之歌》等译作，进一步见出他的战略眼光。再加上近30年来所译的作品，则歌德、席勒、叔本华、尼采、里尔克、瓦莱里、波德莱尔、荷尔德林……哪一个不是经得起时间考验的、拥有广大读者群的沉甸甸的经典作家？

适合于钱先生的第五个字是晓，知晓、通晓的晓。翻译队伍中还有两种人：一种是因为自己懂诗、写诗、爱诗而走上译诗道路的；一种是自己不懂诗也不写诗而翻译诗的。钱先生属于前一种。他从小就爱好诗歌，14岁即开始写诗，16岁已集成诗集，而且一生也没有中断过，现在已经有好几本诗集了。只是他并不追求发表。写诗又爱诗，这是他在医学事业正顺畅的时候，毅然放弃医学而转向诗歌翻译的主要内驱力。而写诗、译诗的双向互动，是二者互相促进的最佳方式。深入了那么多世界一流诗人的底蕴，怎么能对他的诗歌创作不产生有益的影响？反过来，自己丰富的创作经验怎么可能不对他的翻译实践如虎添翼？所以人们称颂卞之琳、冯至、绿原等人的诗译得好，无不得益于他们的写诗经验。这也是人们阅读钱氏译作时感到他的笔法娴熟、练达，节奏铿锵，诗味较浓的根本原因。这里随便举一个例子。他译尼采的《查拉图斯特拉如是说》的时候，尼采写到一处说棕榈树随风摇曳，像女孩的舞蹈。他就想：棕榈树硬邦邦的怎么会像女孩的舞蹈呢？他查德文字典，Palme 确实是棕榈树的意思。但他仍怀疑。后查日语字典，发现 Palme 也有椰树的意思，椰树斜着伸向海边，随风摇曳，就像女孩的舞蹈了！原来椰树一般的写法是 Kokospalme，但有时 Kokos 是可以省掉的！这一事例既说明了钱先生的博给他带来的好处，也说明他的诗人的敏悟使他避免了错译。

钱春绮先生漫长的一生翻译工作中，积累了十分丰富的经验。总结他的经验，显然不是这一篇短文所能解决的，相信会有更多、更好的篇什来完成这一任务，以便让后人更好地来学习和继承。

最后我们要告慰钱先生：您已非常完满地完成了自己的使命。愿您地下安息！

一个甲子的耕耘

——《柳鸣九文集》感言

在由深圳海天出版社举办的《柳鸣九文集》（15卷）首发式上，我正对着前面摆放着的这皇皇巨著，心灵不禁震颤起来：她凝结着我这位同事、近邻和朋友多少心血啊！掐指一算，今年恰好是他从事法国文学研究一个甲子的岁月，可以说，一辈子的耕耘了！而作为同侪我清楚，他这一辈子是在频繁的政治运动、上山下乡、特别是在我单位被明令"停止一切工作"的"文革"中度过的，当减去15年的有效工作时间。这样一想，就更觉得他的成果来之不易了。

在同一个单位工作，柳先生给我的第一个印象，是他的战略眼光。"文革"中由于整个外国文学都被贴上"封资修"的封条。改革开放之初，我们首先面临着如何搬掉这一拦路虎，突破禁区的问题。在这方面，破什么，立什么，是大家面临的首要问题。1978年秋，柳鸣九在《实践是检验真理的唯一标准》大讨论的鼓舞下，以破冰者的勇气在广州召开的"外国文学规划会议"上作了长篇发言《现当代西方文学评价的几个问题》，公开指出几种阻碍西方文学研究的"左"的思潮，尤其批评了斯大林时期主管意识形态的日丹诺夫对西方现代主义文学彻底否定的态度，引起强烈反响。接着他一连写了三篇拨乱反正的论文在专业刊物上发表，赞成的和反对的都有。但随着时间的推移，反对的声音逐渐平息下来了。可以说，柳鸣九在那个重要时刻"揭竿而起"，在外国文学研究领域成为推开改革开放大门的第一人。

刚步入禁区，发觉西方现代主义流派林立，纷繁复杂，该从哪里入手呢？作为德语文学研究者，笔者首先抓住了现代德语文学最有影响的作家卡夫卡，知道他的哲学背景是存在主义。初次读他的长篇小说代表作《城堡》，主人公为了去附近的城堡开一张临时居住证而求爷爷告奶奶，却怎么也进不去。洋洋23万字翻来覆去就写这么一件事情。小说那么有名，那么它的艺术奥秘在哪里呢？不久，柳鸣九选编的《萨特研究》出版了。读了其中的小说《恶心》（一译《厌恶》），觉得它的写法与《城堡》有异曲同工之妙。不久又读到萨特的一些其他著作，使我更对《城堡》的美学堂奥豁然开朗。存在主义文学强调写人的生存处境，尤其是特定境遇下的个人危机，一种火辣辣的生命感受。可以说，卡夫卡的小说是萨特和加缪存在主义哲学的最好的形而下阐释。这两人也因此成了卡夫卡的最早传播者。但萨特的思想与时俱进，他后来同情社会主义，曾数度来过中国。他提出的"存在先于本质"的哲学命题、"介入社会"的人生观、"存在主义是人道主义的深化"，甚至"是对马克思主义的补充"等定义，都是具有一定的正面价值的。他呈示的文学样式和美学主张有力地触及到文学的人学本体，增强了文学的表现功能，是对西方当代文学的一个有力的推动。柳鸣九无疑先于我们明白了这一切，并知道对我国改革开放的积极意义，故早在1980年他就撰文为萨特的存在主义正名。不久他作为访问学者第一次去法国期间，更将萨特及其志同道合的终身女友波伏娃作为主要访问对象，回国后发表了《巴黎对话录》，和前述《萨特研究》一样也在读者中引起广泛兴趣。但就像许多最先吃螃蟹的人那样，由于改革开放之初乍暖还寒，他曾一度受到压力，不过随着那场不知来路的运动的很快烟消云散，他的萨特缘也就渐渐变成美谈了。

作为法国文学专家，柳鸣九对他的本行怀有宏大的抱负。"文革"后正常工作一恢复，他就在他主导写就的三卷本《法国文学史》的基础上，一连推出了编选三套现当代法国文学资料丛书的工程，即《法国20世纪文学丛书》《法国现当代文学资料论丛》和《西方文艺思潮丛刊》。众所周知，法国是西方现代主义文艺思潮的策源地，流派迭出，思潮更迭亦快。柳的《法国20世纪文学丛书》选了这个时期的70种书籍，包括小说、戏剧、诗歌、散文等领域的各个流派和代表性作家，可以说是这个时期法国文学总体景观的全面呈现。起初我想，把时间消耗在这类编辑性工作上是否值得？但当上述三项工程完成后联系起来看，觉得这不仅对自身研究不可或缺，而且对整个学科建设亦极为必要，并将荫及后人，功莫大焉。

柳鸣九是我在北大的同系但不同专业的高低班校友，我入学的第二年即1957年，他一毕业就直接进入当时中科院直属的文学研究所理论研究室，直到1964年外国文学所成立。当时的文学所理论力量很雄厚，成员有蔡仪、毛星、陈涌等，所长是何其芳。这期间柳鸣九受到必要的理论训练。60年代初，他提出的"共鸣说"引起全国文艺理论界的兴趣并展开讨论。这一功底对他日后的法国文学研究如虎添翼，他常常一动笔就洋洋洒洒一大篇。他的15卷《文集》除了三卷是译文外，其余12卷都是著作，这个数量在外国文学界是罕见的。

笔者从来认为，从事外国文学研究成就的大小，关键在你的文学素养的高低，外语只是工具。前辈中较有影响的同行诸如钱锺书、杨绛、冯至、傅雷、李健吾、卞之琳等，哪个不是首先得益于文学？柳鸣九的成就有相当一部分也归因于此，就是说他与上述诸君一样都属于作家型学者。这一品格驱逐了学术领域常见的学究气通病，赋予他的文论以可读性较强的特色。而如果将那些占了文集中一定篇幅的散文随笔之类的文字独立出来，也能构成其作者的优秀档次。如他写的《巴黎散记》，他所描画的"巴黎名士"、"翰林院"的"翰林"，尤其是他疼爱无比的嫡孙"小蛮女"，一般作家岂能写得出来？

一个人事业的成功至少需要两个条件：天分和勤奋。这几乎成为社会的共识了。有天分的人生活中我们并不少见，成功者，或者说像柳鸣九这样的成功者却实属罕见。原因很简单：一般人做不到高强度地克服天性中的惰性，把全部精力集中在事业上。而柳鸣九却做到了这点。无疑，这需要在其他方面做出牺牲。难怪，你在剧院、电影院里几乎见不到他的身影；单位每年的春游秋游，也从来没留下过他的音容笑貌；即使像出国这样的"美差"，我相信在同行中他的频率是最低的一个。这使我想起了卡夫卡的小说《歌女约瑟芬或鼠众》中的那位女主人公，她为了把她的歌唱艺术提升到最高境界，以"拿到那放在最高处的桂冠"，她榨干了自己身上无助于这一目标的一切！我想，这只有像柳鸣九这样有着湖南人特有的韧劲的人才能做到。但当我们面对这皇皇 15 卷《文集》时，谁会说她的作者柳鸣九为了这一天的到来牺牲无助于此的一切是不必要的呢？

"出水才见两脚泥"
——学习吴冠中先生

20世纪50年代最获好评的一部长篇小说《红旗谱》的主人公朱老忠有一句口头禅："出水才见两脚泥。"意思是：是不是英雄好汉，最后都会见分晓。

回顾吴冠中先生的一生，常常使我想起这句格言。吴先生的艺术人生，除去他的学习阶段，可从1950年他回国时算起，迄今恰好一个甲子。这一个甲子大致可分为两个阶段，即前三十年和后三十年。前三十年是他追求、磨难和探索的三十年；后三十年则是他成熟、创造和升华的三十年。

现在一般不讲家庭出身，我完全赞成。但对于最后获得了"人民艺术家"称誉的吴冠中来说，提一提他的出身是有必要的。吴先生来自江苏宜兴的乡村，出生于一个比较贫穷的农民家庭。旧中国的农村一般来说是贫穷的、落后的、丑陋的。但正如我国一句民谚所说："家贫不嫌母丑。"童年时代的农村印象留在吴先生的记忆中永远是美好的，他始终忘不了那纯朴的、善于吃苦耐劳的劳动者，那美丽的田园和山水，甚至还有那只知吃草、不知劳累的耕牛。这一段"人之初"的经历，为他植下了"画不断江南人家"的水乡情结，成为他后来深厚的人文情怀和浓烈的祖国之恋的最初根苗，也是他的丰富的审美思维的不绝源泉。

吴先生首先值得我们景仰和学习的，是他追求真理的精神和勇气。

新中国成立初，他毅然告别良好的生活和创作条件以及同窗好友，回来参与自己祖国的复兴事业。他满以为自己学得的油画这一艺术品种是祖国还比较稀缺的；他掌握的现代艺术观念也是有利于推动国内艺术创作的。不想他来不逢时，迎接他的不是笑脸和掌声，而是一瓢又一瓢冷水。什么"形式主义堡垒"，什么"西方资产阶级艺术思想"……他因此被排挤出中国美术的最高学府，在尔后的劳动锻炼期间，继续被批判，被诋毁。本来，如若他想要避免这样一种遭遇也不难，他只要表示接受批评，"改邪归正"，一心搞浅薄的"现实主义"，肤浅的民族化、大众化那一套，也是不难获得安宁的，就像多数人所做的那样。然而，倔强的吴冠中就是痴心不改，他不认为讲形式就是形式主义；讲现代就是崇洋媚外。他知道，他的心是属于祖国的，他的情是维系人民的，所以他也不对抗，凡是批判中合理的成分，他也认真听取和吸收，比如关于民族化问题。他清楚，最好的回答不是对抗或争论，而是在艺术实践中去认真探索。于是，他几十年如一日，不顾劳累，跋山涉水，风餐露宿，为了找到最佳的写生角度，他往往围绕一个自然对象，上下左右不断观察，反复比较，真是"搜尽奇山打草稿"（石涛语）。在农村没有画架，便用粪筐来代替。为了让画好的画幅不致损坏，他宁可把火车上的座位让给画框，自己从广州一直站到北京。真是"舍命陪君子"啊！

其次，应该学习他的艺术探索和创新精神。

大家知道，一部人类的艺术史，就是一部不断推陈出新的历史。然而我们中国的艺术家，由于受封建统治者"天不变，道亦不变"的影响，养成了一种纵向承袭的惯性思维，革新意识是相当薄弱的。纵观我们的绘画、雕塑和建筑，在形式和风格上更新换代的痕迹是很淡的。吴先生在西方学到了油画这门对我们来说是新的艺术形式，但他并不想照搬它，而一心要让它与本土的艺术相嫁接，使它为本国观众更容易接受。果然，他在石涛那里找到了精神的共振点。石涛的"古人之须眉不能长我之眉目"，"无法之法乃为至法"的观点，与他一拍即合。他认为，石涛的直觉说就是中国的表现主义论。他从此"背叛"了吸过其奶的印象派，而投奔了石涛。这意味着，他开始重视水墨，从而开始了他的民族化方向的探索。

应该说，在那个年代，探索民族化的人是很多的。但取得吴冠中这样成就的人却绝无仅有。奥秘在哪里呢？就在于他在民族性中成功地注入了现代性，具体说，就是赋予水墨以某种抽象的形式，这种形式由于线条、色彩与空间的恰到好处的配置而产生一种慑服人的美感。正如他自己所说："也许是我的职业病吧，我是经常地、随时随地以探寻形式美的目光来观察自然的。无论是一群杂树，一堆砾石，或是旋涡，或是投影……只要其中有美感，我总是要千方百计挖掘出来为我所用，它们往往成为我构图画面中的主角。"为此，他"偏爱形式与色彩的真实生动，又不满足局限于一隅的小家碧玉，渴望在写生中采纳移花接木、移山倒海"。难怪他画的《黄土高原》那样虎虎有生气，像是无数生命在奔腾；它们乍看像是虎，再看却不是。《长江三峡》雄伟而险峻，一看非常面熟，再看却又非我所见者也。这种似是而非就是艺术的魅力。

吴先生在探寻艺术形式美的奥秘的过程中，他还不倦地问津别的艺术门类，比如摄影，比如戏曲。尤其是后者，旦角中他"偏爱赵燕侠"，须生中他"偏爱周信芳"，看他们的戏"场场不放过"。为此即使经常深夜排队买票，他也乐此不疲。无怪乎，我们在观赏他的《白桦树》《邂逅》《播》《残荷新柳》《世纪新雪》《宏村》《红楼》等画幅时，总是流连忘返。它们综合了多门艺术的要素，凝聚了作者多少智慧和心血啊！

第三，是他的开阔的视野。

进入老境的吴冠中先生，出现在我们印象中的并不是一个身体衰弱、反应迟钝的老者形象，相反，是一个思维敏捷、观点新锐而清晰、敢言敢说、朝气蓬勃的艺术先锋的形象！吴先生的禀赋中包含着艺术家、文学家与思想者的统一体，这个统一体在他的晚年升华出一系列美学思想的火花，它们石破天惊，常常拨亮我们的美学盲点，刺激我们的思维惰性，而在他的一束束思想火花中，贯穿始终的主题音响是反保守、反传统、求创新、求变革。例如，他曾观点鲜明地说："有出息的民族不怕断掉旧衣钵，应创造新时代的新衣钵。"并不无愤慨地指出："有些人在嚷嚷固守传统，空话，废话，爱国姿态，其实误国。"一针见血。大家知道，艺术作品的灵魂是思想。没有思想的作品，技术再好，不过是个躯壳，"慧眼远比巧手更重要"，于是他提出警告："笔墨等于零。"相信大家都知道，现代艺术家都以重复为耻，因为重复是匠人的习性，而创造才是艺术家的本色。上面说过，我们中国人容易因袭前人旧规行事。吴冠中先生回顾中国的绘画史，如鲠在喉，两年前他终于一吐为快，说：中国的传统绘画"百分之九十都是重复之作！"真是振聋发聩！我认为吴先生此言切中肯綮。如果说，1912 年康定斯基的《艺术前精神》的问世，被人誉为西方的"现代艺术启示录"，那么一百年后的今天，吴冠中先生晚年的一系列著作和言论的发表，堪称中国的"现代艺术启示录"。此前，我国艺术界还没有其他人发表过如此震撼人心、引起广泛社会反响的同类言论。

第四，是他对艺术的殉情精神。

吴冠中先生认为，"真正的从艺者应皆是殉情人"。此亦中肯之言。一个真正忠诚于自己事业的人，往往都是他的事业的痴迷者，他只知他所效劳的"独此一家，别无分店"。笔者多年研究卡夫卡，深知他是现代艺术的探险者，又是这门艺术的殉情者。他笔下的女歌手约瑟芬为了在艺术上"拿到那放在最高处的桂冠"，不惜"榨干身上不利于艺术的一切"；卡夫卡自己为了使自己的写作艺术"达到最高境界"，也不惜抛弃"一个男子生之欢乐所需要的一切"。吴先生年轻时一接触到杭州艺专，就"疯狂地爱上了艺术"。此后一直以来，他先后多次用了"疯狂"的字眼来形容他对艺术的态度。确实，如果不是对艺术的疯狂，他怎么可能一次在长江流域的写生过程中居然一连四十三天忘了换裤子；如果不是把自己的终身许给了艺术，以他的身份，他怎么会甘心直到晚年依然居住在那套连一个大一点的画室都容不下的局促的房子里。前面提到他对牛的感情，恐怕也是由于对牛的所需简单、唯耕是从的一种精神共鸣吧！

诗坛常青树
——悼绿原先生

2009 年 9 月 29 日，我国诗坛又一位独具风骨的诗人绿原先生走了。他的离去对笔者来说不免突然，但作为 87 岁的老人则走得相当从容，还留下两首小诗，向我们"挥挥手"，道声"再见"。其中一首写得这样简洁而明朗：

> 我并不烦恼
>
> 我也不恐惧
>
> 我更不懊悔
>
> 我只有一点忧郁

这正是绿原先生的人格写照。前面的三个"不"让我们肃然起敬，但唯独那"一点忧郁"则让我们久久悲痛和深思。

绿原先生作为诗人，他是我所景仰的作者；作为翻译家，他是我所钦佩的学长。两年前武汉一家出版社出版了他的六大卷文集，令我惊叹不已。因为这套两百万字的六卷集，对绿原来说得来多么不易。如果没有那二十五年的无妄之灾，凭他的才情，他的勤奋和顽强，今天摆在我们面前的就不只是六大卷，而是十大卷，甚至更多！但是，如果是一个弱者，经过了这二十五年尤其是头七八年的雹打霜摧，早就在诗坛上消失了，我们能看到的也许只有三卷两卷。这里绿原先生首先值得我们赞赏和学习的是他坚韧的、目标明确的进取精神。正像他在一首诗里写的："尽管跌了跤，爬起来 / 仍然颤巍巍向前跑 / 你会走路了，就一定要 / 达到你预定的目标。"现在我们可以欣慰地说：绿原先生尽管遭受严重的挫折，依然胜利地达到了他"预定的目标"！

绿原先生的预定目标是什么呢？这从他的生命轨迹中很容易看出来，就是做一个可圈可点的诗人，同时做一个可圈可点的诗歌翻译家。先生上大学前就开始写诗了，但他入大学后不是选择文学系，而是外文系，主攻英语。显然他要到更广阔的诗的世界中去徜徉，开阔他的创作视野，在汲取一切对自己创作有利的养料的同时，成为一名翻译家。如果说，一个青年学生对自己的前途做这样的打算并不罕见，那么他在他的生命征途上遭到命运的巨大狙击后，依然不放弃他的理想目标，在自由受到极度限制、灵魂忍受严重屈辱的境遇下，毅然继续学习外语，而且学的是几门新的外语——德语、法语、俄语。这意味着，他在外国文学中已经圈定了某些目标，它们不仅在英语世界，而且在更大的范围。从他后来的实践看，除了英美诗歌外，他目中的首先是德语国家的诗歌和美学理论，是歌德、海涅和里尔克等这样一些大家，而首选作品是《浮士德》。这是富有战略眼光的选择。德国文学富有哲理内涵，值得探掘的空间比较大，读起来也经得起咀嚼。而且这三位文豪代表了古典、浪漫、现代三个不同时期的不同风格，跟这些作家打交道无疑对自己的创作是十分有益的。绿原后期的创作证明了这一点。诗歌界很多朋友都看出，绿原80年代以来的诗歌创作意境更恢宏，思想更开阔，而且融入了自己的生存体验，达到更高的哲理境界。实际上他把创作与翻译互通互融，合而为一了：通过名著翻译使他的创作如虎添翼；善于创作又使他的翻译倍加生辉。

这里我想着重提一下的是绿原先生对被称为"欧洲四大名著之一"的《浮士德》的翻译。这部作品翻译的选择和完成，使他在翻译追求上达到最终的目标，也是对他的翻译实力的考验。在他翻译之前，《浮士德》的英译本已经有20来部，中译本亦至少有5部。但绿原先生认为，文学翻译不同于技术翻译，再创造的空间是比较大的。绿原先生既是诗人，又掌握几门外语，这是他的优势。因此他的决心是下得正确的。事实上，他的这个译本采纳了众家之长，而又不同程度地超越了众家，到目前为止是个比较理想的译本。绿原先生在诗歌翻译方面的这一成就和贡献，得到诗歌界和翻译界的普遍公认，故在他先后获得多项国际国内奖项中，第一届鲁迅文学奖的翻译奖就授予了他；两年前中坤国际诗歌奖的国内唯一翻译奖也授予了他，真可谓实至名归。

绿原先生在青年时期就广采博纳，创作起点较高，在22岁出版的第一部诗集《童话》中，就显示了他的鲜明特色：针砭时弊，抨击腐败政治，故在 20 世纪 40 年代就有"政治诗人"之称。而且他在中国新诗的探索上跨出了一大步，有人认为，中国现代的自由诗在 20 世纪 40 年代末即已达到成熟，而这个成熟是以绿原的创作为标志的。经过四分之一个世纪的停顿以后，步入老年之时，创作锐气不仅没有减弱，反而在创作和翻译两个方面都步入一个更高的境界，不愧是中国诗坛上的一棵常青树，是值得称颂的。

绿原先生的一生是执着于真理而不屈于命运的一生，是"始终凝神朝前看"而不肯躲避暴风雨的一生。在他生命的烈焰行将熄灭的时候留下的两首告别诗，表明他的精神已升华到很高的境界，值得我们学习和怀念。

中国当代作家的精神坐标
——史铁生印象

史铁生原来身体健康、结实、英俊。不幸，正当青春焕发之时罹疾，从此与轮椅为伴。不想未到知天命之年，又患尿毒症，可谓雪上加霜。然而他以顽强的毅力，夺得了一个甲子的年华，创造了生命的奇迹。而且他更以超强的智慧，独辟蹊径，把苦难变为深厚的精神资源，为中国当代文学谱写了崭新的篇章。

把轮椅变成冷板凳

史铁生的创作生涯几乎与当代中国的改革开放同龄。随着改革开放，中国的经济获得长足的发展，文化艺术包括文学创作也获得巨大的推动，从文学理念、美学范式以及写作技巧等方面均获得广泛的参照。如余华读了卡夫卡的作品后"知道小说也可以这样写"。《北京晚报》记者出身的剧作家过士行也说："没有迪伦马特我还根本想不到写戏。"无疑，在外国新思潮的熏染下，我国"新时期"的文学焕发了新的生机和活力，成果有目共睹。

同时也不可否认，随着经济领域竞争机制的形成，人们急欲致富、成功，浮躁风随之而起，文学艺术领域自不能幸免。其主要表现是对外来思潮或者囫囵吞枣，或者追风不止。这里仿"伤痕"，那里步"寻根"；今天追"现代"，明天奔"后现代"……多数人耗尽精力而不得要领，半生不熟，半土不洋。即使那少数得要领者，也是步人后尘，还不是自己的独创，不是自己的品牌。至于为金钱、为权势、为地位而争名于朝、争利于市的人更不在少数。

在这股席卷而来的强劲气流中，史铁生一开始就保持冷静，未见他在哪方面有过跃跃欲试的任何举动。首先他不喜欢抛头露面。比如，从 1996 年以来的第五次至第八次全国作代会，大家都是争先恐后参加的，他每次都是代表，但我只看见到过他一次在晚上露了下面，见了下熟人。再如，中国残联曾把他和我分别安排了个中国肢残人协会副主席的虚职，有时需要我们抛头露面，以应付一些场面，我曾先后出席过多次，而他我一次也没有见出席过。中国残联还成立了一个中国残疾人作家协会，安排他当主席。但他从来也没有把这当作一回事。可以说，除了写作，他对其他一切都不感兴趣。而对写作本身，方法啦、技巧啦这些非本质的东西他也一概不关心。20 世纪 90 年代初，我和他在中残联安排下曾在小汤山小住几天。他向我询问的都是一些外国文学史上的一些问题以及当代外国一些重要作家的创作主题、基督

教的积极意义、上帝与神性概念的区别、东西文化的差异、现代
与后现代的定义等等，就没有听他提及当代外国作家的艺术技巧
一类的话题。后来知道，那时候他已经决意与外国思潮与国内时
尚统统撇清，排除社会的喧嚣，一心遁入自己的内宇宙去进行单
枪匹马的艺术探险了！

百士诺诺，一士谔谔

于是，史铁生成了独行侠，在茫茫旷野中试图走出自己的
路。这是一条很难走通的路，首先他必须冲破一道拦路虎，即官
方钦定的理论训条，这里应该，那里不许等等。而这些既定理论
已成了中国作家集体无意识的积淀。众所周知，创作恰恰是需要
想象和思考的充分自由的，连马克思都提倡这一原则。1848 年
他的亲密朋友海涅瘫痪后，马克思来往最多的德国诗人是弗拉里
格拉特，他从英国频频写信给德国的恩格斯，一再告诫恩格斯要
让这位诗人"自由歌唱"。其实岂止诗歌，整个文学艺术创作都
需要自由。这也是几千年来人类付出了痛苦的代价之后得出的结
论。现代主义和后现代主义思潮的兴起，可以看作是这一结论的
反映。在现代主义思潮中觉醒的史铁生，明确地指出："艺术没
有什么理论原则可以概括它，指引它。"每个作家的精神气质、
思想情感、兴趣爱好、知识积累等各不相同，怎么能够用一个统
一的模子来要求他、束缚他呢？作家、艺术家都是以个性显示其

特点的，尊重个性、保护个性是保证文艺多样性的前提。因此史铁生十分强调异端的权利，指出："异端的权利不能剥夺是普遍的原则。"因为真理在开始阶段往往是孤独的，它只被个别或少数人所认识、所坚持。

在我们这里，由于长期强调"舆论一律"，文艺创作也被束缚在某些经过批准的条条框框之内，说的是"百花齐放"，实际却是一花独放，即独尊现实主义，而现实主义又被限定在"写实主义"的美学范畴，创作的路子就很窄了。后来被恩准加了一个浪漫主义，却又必须与现实主义相结合。这种皇家钦定的文化专制主义思维在国外早在浪漫主义运动兴起之时就被粉碎了！那是被法国统治者路易十四所钦定的欧洲古典主义留下的笑柄：在那时的古典主义者看来，艺术中存在一种永恒不变的美学法则，它们必须代代传承下去。我国改革开放以来，我们那些僵化的理论思维逐步被外来思潮冲毁，但仍不时有回潮的声音："还是现实主义好！"对此史铁生很是警惕，他提醒说："只要不独尊某术就好。一旦独尊，就是牢狱。"铁生的感受非常强烈。这使我想起歌德青年时期说过的一句同样的话，那时歌德初次读到莎士比亚的作品觉得非常新鲜，他对比法国的古典主义，说那是"牢狱"。

史铁生挑战官方权威理论的另一重要论点是"艺术高于生活"。它的前提论点是"艺术源于生活"。是的，按照模仿论美学原理，这是一条重要法则。但是自从现代主义兴起以来，表现论美学成为主潮。而根据表现论美学原理，艺术应该异于生活。因为异于生活，作家艺术家才获得了无限想象的自由，才有了卡夫卡把小说主人公变成甲虫的自由，才有了乔伊斯、普鲁斯特等人畅写意识流动的自由。而从表现同一主题——"久病无孝子"这一点来看，属于表现主义作家的卡夫卡的《变形记》显然比属于现实主义作家的列夫·托尔斯泰的中篇小说《伊凡·伊里奇之死》更具艺术感染力。对于这一点，铁生的理解是很到位的，他说："与其说'艺术高于生活'，不如说'艺术异于生活'。'异'是自由，你可异，我亦可异，异与异仍可存异。"这话说得很精彩，一字之差道出了表现论美学是对模仿论美学的超越，道出了表现论范畴有无限的表现可能。这一理论洞见非同小可，它使史铁生的想象力成功地跨越了拦路虎，而在无边的旷野上自由驰骋。

群体失语中的单骑突围者

进入旷野可不是到达的目的地或落脚点，而是开始了在一个陌生领域集体失语中的突围，一种有希望却没有胜利把握的探险；不仅需要勇气，甚至还需要生命的抵押。不是吗，卡夫卡为了"改变德意志语言"，而立不久就咯血，刚过不惑即命亡。卡夫卡的同乡里尔克写了几年"凝固的"（即"雕塑的"）诗以后，为了转型为"流动的"（即"音乐的"）的诗，整整十年生不出蛋（写不出诗），到《杜伊诺哀歌》"大功告成"，不几年就一命呜呼了，也只活了"知天命"的年岁！史铁生自80年代后半起就开始了语言的转型，决意走一条漫长而幽暗的崎岖之路，一条注定要付出巨大血本的开山之路。显然，他正当盛年罹患不治之症即是为此付出的代价。

根据史铁生的两部巅峰之作《务虚笔记》《我的丁一之旅》，以及《病隙碎笔》等来看，史铁生走的是一条——用里尔克的话来说——"走向内心"的路。从此他弃绝了模仿论美学画廊中那屡见不鲜的、戴着面具的各色好人和坏人，而带着"夜的眼"潜入自己灵魂深层本我的内宇宙，来审察它的各个部分，并用拉丁字母标出各色人等。通过对话形式，他承认：它们身上的善与恶、功与过他都有。这就触及到现代文学中的一个重要命题，即人的有罪意识。这是现代主义思潮中文学触及到的一座富矿。有人就说："卡夫卡之所以伟大，因为他既控诉世界，也控诉自己。"卡夫卡认识他的第一个女朋友不久，就向对方这样剖析自己的灵魂："希望自己有一只强有力的手""切实深入""自身错综复杂的结构中去"，一窥他的内部"那么多模糊不清的东西纵横交错"。你看他的《诉讼》的主人公约瑟夫·K.，那位正当而立之年、口碑不错的银行襄理一天早晨被两名警察突然宣布逮捕，却并不将他带走。此公从此四处求爷爷告奶奶，打听他到底犯了什么罪，却人人爱莫能助。经过长期的自审，最后他终于醒悟：他这一生中确有不少对不起人家的地方。因此在国家法庭上他固然是无罪的，但在道义的法庭上他却是有罪的。这就是表现主义运动中人们辩论过的所谓"有罪的无罪者"与"无罪的有罪者"的问题。法西斯主义横行时期，够上法庭的有罪者固然是少数，那屡屡高呼"希特勒万岁"的人则是"无罪的有罪者"，是普遍的。我国"文革"中的"三种人"与广大红卫兵的关系，也是这一概念的最好阐释。

写人的善、恶二重性最成功的作家是德国伟大戏剧家布莱希特。布氏政治上信奉马克思主义，美学上却倾向于现代主义。他的代表作之一《四川好人》令人信服地揭示了人身上善恶共寓一体的情状。至于哪个方面会突现为主要方面，要看特殊境遇下的客观诱因。没有权、钱、色的引诱，许多贪官的贪欲都会冰封在潜意识深海之中，都会是堂堂正正的领导或公民。布莱希特的这一创作灵感基于他的这一马克思主义观点：任何时代占统治地位的思想都是统治阶级的思想。而在统治阶级思想统治着的这只社会大染缸里，没有人是不被污染的！

揭示人性的深刻性的当然还有俄国的陀思妥耶夫斯基。鲁迅就很赞赏他"灵魂挖掘的深"。如果说布莱希特能在好人的身上揭示出他的恶来，那么陀氏则善于在罪犯的"罪恶深处拷问出他的洁白来"（鲁迅语）。其实作为世界级作家，鲁迅本人就很有"有罪意识"。他不仅承认自己身上"有鬼气"，而且他"时时解剖别人，也时时解剖自己"，堪称卡夫卡的同调者也。

史铁生进入下半生后就截断了一切退路，把自己关进"灵魂幽暗处"进行自我审察、自我拷问和哲学思辨；他强调"要让灵魂控制大脑，而不要让大脑控制灵魂"；他拒绝用只有我们而没有我的"奴隶的语言"写作，让我成为自己的主宰；他反对把别人当魔鬼，而自己是天使；他一旦发现自己的渺小处，就忏悔，就"记愧"；他常常把自己推入某种绝境，进行换位思考；他认为人可走向天堂，却不可走到天堂（堪称《浮士德》回响）；他常常以悖谬逻辑思考。总之，他摘下了面具，走出芸芸众生与习俗，告别传统书写，以另类思维开始了写作孤旅。这是茫茫荒原中的一个独行侠之旅。实际上这是深层意识中本我的起义之举！

这是我对史铁生谓之"写作之夜"这一命题的理解。这里的夜，不完全指天体运行规则中出现的那个没有光线的时段，还指创作中达到的一种灵魂完全裸露的、无所顾忌的状态，用卡夫卡的话来说，那是一种忘我的"与魔鬼拥抱"的"快慰"状态。卡氏在给他挚友勃罗德的一封信中用了很长的篇幅来描写他在一个夜间"与魔鬼拥抱"的时刻，说在这样的时刻"你能看到在白天光天化日之下写作时所看不到的许多东西"。我想，这也许是铁生所追求的"写作之夜"的状态吧？这可以用他下面这段话为证："当白昼的一切明智与迷障都消失以后，黑夜要你以另一只眼睛看世界。"而"这样的写作……不看重成品，看重的是受造之中的那缕游魂"。也就是创作进入最佳状态（或曰"与魔鬼拥抱"）时的陶醉吧。

我这里把史铁生的创作与卡夫卡做对比不是偶然的、局部的，而是整体的，即他们有着共同的哲学背景——存在主义。存在主义写作的特点是从生命的真实体验出发，是一种活生生的在场写作，一种生命的燃烧过程。卡夫卡说：在被现实鞭打了之后，"上帝不让我写，但我偏要写！"因为他心中撑着的那个"庞大的世界"，不通过文学的途径把它表达出来，它就要炸裂了！铁生呢？他真切地感受到"白昼的清晰是有限的，黑夜却漫长，尤其心流遭遇的黑夜更是辽阔无边"。因此，对于他"写作却是鲜活的生命在眼前的黑暗中问路"。这段话可以说是对他的"写作之夜"的最清楚的解释了。而"写作之夜"的提出意味着史铁生已经触及到文学创作的真谛，从而摆脱了中国当代作家的普遍失语状态，是一次成功的突围，是一个重要的原创性成果。

走进现代世界文学之林

从人类历史上看，文学艺术每次面临时代性的美学转型的时候，开始阶段甚至在一个相当长的时间内都不被文学、艺术史家们所承认，所以盛行于17世纪的欧洲"丑怪的"巴洛克艺术被"典雅的"古典主义艺术拒绝了200年之久。19世纪现代主义兴起以后，像卡夫卡这样的顶尖级作家也不得不在文学外排了30来年的队。说来是不奇怪的，一种新的、属于时代的审美信息刚露头的时候，最初只为少数人所探悉。这就不奇怪，当史铁生跟人说，他"不经意间触到了一处富矿的边缘，说给别人不以为然者多"。富矿的具体内容他没有说,从他的创作路径猜想当指转向内心,深入灵魂,开掘人的内宇宙的宝藏,致力于哲理思维。而这确实是一座富矿,因为它符合现代世界文学的潮流,一股在我国中断了半个多世纪后再次涌入我国的潮流。作为外国文学专业研究者,笔者曾概括过西方现代文学的大走向,其中前三点是:文学与哲学联姻,审美视角内向转移,想象呈现现代神话。铁生的创作特点至少与这三点是相关联的。所谓现代神话需要解释一下:古代神话是人的想象在外宇宙天马行空,现代神话则是人的想象在内宇宙自由驰骋。史铁生对生命终极价值的追问,他对灵魂复杂多元的翻掘,他对自身罪愆的痛责,他对天地神性的发问,他对宗教精神的攀爬,等等,确实"其想象力和思辨力一再刷新当代精神的高度"(韩少功语),且构制出一种既是精神性又是诗意性的审美游戏。在这过程中他的不同凡响是:他一再让他灵魂深处的本我在悬崖攀爬,却从未放纵它在非理性疆域狂奔。他的艺术探险既符合时代发展的世界潮流,又不失汉文化的有节制的柔韧精神。他取得的原创价值为中国的当代文学书写了崭新的一页,并有资格与世界第一流世界文学相沟通,从而也为当今的世界文学增添了一个亮点。

抗衡命运的悲剧英雄

笔者曾经读过一篇资料,根据科学推测,一般来说人的一生中只利用和开发出他（她）的全部生命能量的10%，其他90%的潜能都因没有遇到恰当的机遇或处境而白白埋没了。我们常常对看到的高难度的芭蕾动作、绝美歌唱、体育竞技或惊险杂技等等赞叹不已，慨叹自己天生缺乏那个禀赋。其实我们常人中有相当多一部分人少儿时如迫于父母意志也进了那些舞校、体校、音校，也会在教练或学校的威严强令下流着眼泪练就那些功夫。人有天生的惰性，只有生命受到威胁或命运遭遇袭击时才会爆发出生命的深层能量进行自救，所以古训中有"置之死地而后生"一说。在这种情况下，生命放出强光，往往创造出奇迹来。现代哲人尼采就谈到过，大意是：只有经历过地狱磨难的人才有建造天堂的力量。被认为是尼采精神继承人的卡夫卡也说过类似的话："那来自地狱深处的声音乃是最美妙的歌声。"这两位哲人富有哲理的箴言放在史铁生身上是再恰当不过了！如果说史铁生从一个生龙活虎的壮实青年突然被拴在轮椅上几十年如一日还不完全是地狱遭遇的话，那么从1997年开始的被每周三次透析的尿毒症缠住不放，一连14个春秋直到咽气，那完全是地狱的境遇了！须知，他的尿毒症的加重发生于《务虚笔记》这一巅峰之作完成以后，就是说，紧张而艰深的思考极大地消耗着他的生命精血，直接导致了他的病情的恶化，从而被推进了"地狱"的绝境。换句话说，铁生的创作的"华彩乐段"是以"蹲地狱"为代价的！他的另一部重要的长篇小说《我的丁一之旅》更是在极度病痛中花了五年时间才完成的，真是从地狱深处发出的美妙歌声啊！

写到这里，笔者不由想起卡夫卡在他生命的火焰即将熄灭的时候，发出了他的创作绝响：《歌女约瑟芬或鼠族》。小说主人公为了"拿到那放在最高处的桂冠"，她"榨干了身上不利于歌唱的一切"。我们的铁生兄弟为了使他的创作达到一种新的精神高度，追求到一种稀缺的美、冷艳的美，也表现出这一震撼人心的悲壮精神。可以说，他为了灵的至美，付出了肉的牺牲，是我们时代抗衡命运、追求真理的伟大悲剧英雄，是当代中国作家队伍中当之无愧的精神坐标。

恩师赵林克娣教授

北大未名湖往北走一二百步，即秀丽而幽静的朗润园，原是清代的王家园林，一座狭长而宽窄不一的荷花池构成她主要的景观，从东向西延伸，有二三百米。湖的北岸相对冷清，中段百米之遥，只住着两户人家，都是终生落户于中国的有名外教，一位是来自美国的温德教授，另一位即是本文主人公、我的恩师赵林克娣教授。

20世纪五六十年代，北大西语系德语专业自1952年院系调整到"文革"前，通常有七位来自德、奥的外国教师，其中有三位新中国成立前就来到中国，并加入了中国籍。其中，赵林克娣水平最高，她自1954年，即48岁从清华调到北大时，就获得了教授职称。三位中国籍外教中给我印象最深的也是赵林克娣。她婚前的德文姓名是 Keauml the Starkloff-Linke，按照德国的风俗，女人出嫁后是随丈夫姓的，所以她的姓名变成 Kaethe Zhao，我们一般称她 Frau Zhao，即赵太太，也可以理解为"赵先生"，却从未按德国人的习惯开口闭口称呼她"赵教授"，而她也从不在乎这些。

她有着一般德国人共有的特点：做事热情、快速，上课准时，批改作业从不拖欠。她称呼学生一律为"同志"，不论男女。大家都认为，外教中她知识最丰富，但在课堂上她却不是一味灌输，而习惯于启发式提问。她说话风趣，爱打比喻，喜欢说笑，有时插一句半句洋腔洋调的中文，因而课堂气氛始终活跃。有时你答错了，她给你指正后，再幽默一下，以消除你可能会产生的难堪。她批改作业，不是简单地判定对错，往往还要写上几句为什么错。如果你答对了，有时她还要告诉你，还有几种别的对的可能。因而上她的课，你总会感到，你真正在享受一个教授的才学和智慧。

后来渐渐知道，赵先生不愧是一位杰出的知识女性。她曾先后深造于德国的两所名牌高校：海德堡大学和哥廷根大学，分别攻读语言学和哲学，并于1935年，即29岁时获得哲学博士学位。她尤富语言天赋，一一掌握了欧洲各门古今主要语言：英文、法文、西班牙文、意大利文、拉丁文、古希腊文等，来北大以前，还教过两年俄文。她除担任北大教授外，还根据国家的需要和要求，参与我国外文出版局某些重要的德文翻译包括《毛泽东选集》的把关和定稿工作，直到1987年即81岁时才告退休，比一般人多工作了21年，能者多劳吧！

毕业以后我继续在西语系待了几年，留在文学教研室当助教。在阅读，特别是在练习翻译时，遇到较难的问题，我仍常常去请教她，总觉得她毕竟是德国人，她的回答总该比中国老师要可靠些。而她真可以说诲人不倦，每次都解释得很详细，让你获得许多相关的知识，感到有这样的老师和学习环境多么值得欣慰。这时，她不再叫我"同志"，而以"先生"相称了，可能觉得已经是同事了吧。那时食品供应很紧张。但她这位外国出身的中国公民，仍受到一定照顾，吃用比我们要宽裕一些。所以每次除了茶水以外，还有糖果、点心相待，离开时，还要往你口袋里塞几颗糖，有一种童年时上外婆家的感觉。

离开北大（1964）以后，与赵先生的接触就少了，路远是主要原因。但"文革"后我们的联系很快又频繁了起来。机缘之一是她的儿子赵侠（此外还有一个漂亮的混血女儿）想练习翻译，赵先生请我帮他一把。出于师生情谊，我当然乐意，何况他儿子由于父亲的"右派"原因而耽误了上大学，更觉得义不容辞。记得他儿子译的是一篇亨利希·伯尔的短篇小说。由于译者学历较浅，又是初试译笔，故译文难免不太成熟。想到他母亲当年教我们那样满腔热情，我决心以同样的热情帮他改好这篇译作。那时正好我在《世界文学》杂志当编辑，改好后便将它在刊物上发表了。赵先生很高兴，特地让她儿子带上好吃的东西登门面谢。

从此以后我跟赵先生的关系可以说进入了一个新的阶段。除了上述原因，不可忽视的因素是这时十年噩梦已经过去，国家开始实行改革开放，她的丈夫的"右派"恶名已得到平反，因而心情比较开朗了，所以我再去朗润园看望她时，她显得格外兴奋，不仅忙着张罗点心水果招待，还郑重地把她的亲密伴侣、钢铁学院教授赵锡鳞先生介绍给我。我终于见到这位过去想打听而不敢打听的师长，格外欣喜。同时心里却感到难过：这位体格壮实，当年从德国以名教授身份回国，正踌躇满志报效祖国的时候，却被1957年那场突如其来的政治风暴掀翻在地，由于他的"死不悔改"，整整被折磨了20余年！难怪赵先生迟迟不向学生介绍她的爱人，她实在无话可说啊！虽然她本人也遭受过德国法西斯的迫害，但欧洲人一般都接受过"言论自由乃天赋的权利"的熏陶，她怎么能理解这种以言治罪的运动呢？因此赵先生的内心委屈比一般中国的蒙冤者还要大。正如她后来有一次坦露的：那是她丈夫"一生中最好的年华啊"！而赵锡鳞教授特别令人尊敬的是，落难后他始终不屈服，不承认强加给他的"错误"，表现了中国知识阶层中少有的硬汉子精神。认识赵教授之后，我对赵林克悌先生更钦佩、更尊敬了：第一，她没有像有的妻子那样，在政治灾难临头的时候，在配偶正需要家庭温暖和精神安慰的时候，赶紧跟对方划清界线，甚至跑回原籍国；第二，她没有因心中的委屈而懈怠神圣的教学使命。可以说，她始终怀着对青年学生的爱，把一生的智慧和心血都贡献给了中国青年。而在政治风云中，赵先生的精神风骨其实与她丈夫一样可圈可点：就在德国法西斯专政年代，在纳粹大肆追捕犹太人正风声鹤唳的时候，赵先生毅然挺身而出，掩护犹太人逃亡，并因此而被捕入狱。后经友人多方营救才得以出狱（这段光荣经历她从来没有在学生面前提到过）。正是由于这种共同的政治品格和精神操守，她才会与赵锡鳞教授结成伉俪，并于 1947 年随丈夫一起来到中国，且在危难中厮守终身。

1981 年我初次作为访问学者去德国，赵先生知道后很高兴，一心动员我去柏林，说那里她有亲戚，可以让他们关照我。但这时我已经确定去弗赖堡和慕尼黑了。后来第二次去德国的时候，我在柏林安排了两个半月，并有熟人为我解决住处，就告诉赵先生不必为我操心了。但她仍兴致勃勃向我介绍柏林有哪些值得参观的地方，尤其是她一再叮嘱，柏林的施特格利兹小区有卡夫卡下榻过的地方，你一定得去看看。哦，这使我想起，莫非就是卡夫卡与他的第一个未婚妻谈恋爱期间所住的地方？后来我按她的提示，果然找到了那个地方。这印证了同学们昔日对她的评价：知识确实很丰富。

在电话作为奢侈品的年代，我和她联系只能通过写信，逢年过节，尤其是圣诞节、春节都要问候一番。平时去北大，有事没事都要顺便去看看她。她住的是一幢较狭小的旧式平房，一条小径与湖面相隔。鉴于她年事已高，我曾试图劝她换住楼房，和温德教授一样，她就爱这种与环境相谐调的小屋，自豪地说："你看，我一开门就有粼粼波光迎接我，夏天更有荷花的笑脸。楼房哪有这般享受。"我不甘心被说服，便半开玩笑说："万一您晚上回来，不小心掉进湖里……"她大不以为然地把头一仰："啊哈，几十年了，我都没有失足过，要是真的发生像您说的那种倒霉事，八成是上帝在召唤我了吧，那我也该走了。"

大概是新世纪初了吧，听说赵先生身体日益衰老，已经起不了床了！心情不禁黯然，慨叹自然法则的无情。于是赶紧约了一位同事一起去看望她。还是湖边那幢幽静的小屋里，只见老人躺在紧挨南窗的卧榻上，虽坐不起来，却依然精神矍铄，思维清晰，声音依旧，仍不忘让保姆张罗我们喝茶品点心。但我们宁愿坐在她的床边，与她聊天，并尽可能谈些轻松愉快的事情，除了介绍我们的日常生活和工作情况，尤其强调她过去对教学的热心，对学生的热情，对中国教育事业的贡献，等等。我说，今天虽然年纪大了，不能再上讲坛，但你已经桃李满天下，你的生命的热能仍然保留在成百上千的学生们的身上，他们不会忘记你为大家耗费的心血，他们为国家做出的贡献，也有你的一份。在这个意义上说，你并没有老，你是最幸福的。这时她脸上泛出了红光。一个多小时过去了，她始终情绪饱满，侃侃而谈。但我知道老人不宜兴奋得过久，否则容易发生意外。于是不得不向她告辞。她紧紧握着我的手，流露出依依不舍之情。于是我俯下身去，在她的脸颊上深情地吻了一下。这时我发现她的眼睛湿润了，我赶紧扭过头去，不让她看出我的感伤……

赵林克悌教授确实是幸福的，连造化都奖励她，成全她，送她到百岁的门槛，成为名副其实的古稀老人！可惜 2005 年 5 月她走的时候，我正忙于组织纪念席勒逝世 200 周年的活动，我也没有及时接到噩耗。但这并不重要。重要的是赵林克悌教授的业绩在中国教育史上，至少在北京大学的发展史上将留下抹不去的一笔，她的音容笑貌将永远铭刻在我们的心里！

怀念我的两位中学老师

人越上年岁，便越喜欢追忆似水年华。在被追忆的人中，那些不同时期先后在自己身上倾注过心血的老师们总是在脑海中出现得最频繁，其中最使我怀念的是一对中学老师——何英鹗和叶味真夫妇。

那是 20 世纪 50 年代前期，我就读于衢州一中，当时何老师主要教物理，叶老师始终教地理。俗话说"不打不相识"，我与这两位老师的特殊感情，是从一次课堂上的"遭遇战"开始的。上初一不久，有一次上课时，叶老师的声音戛然而止，瞪大两眼逼视着我，这时我才发现自己走神了，自得其乐地在抛一个球玩耍，因此顿觉紧张起来，准备在众目睽睽之下接受老师的一顿训斥，甚至被赶出教室罚站。但想不到叶老师很快恢复了原来的表情，并和颜悦色但不无挖苦地说："我以为你们班上要算叶廷芳最老实了，想不到今天也看到他玩起来啦。"我被老师批评了，但是我丝毫没有感觉受到伤害，相反，我感到老师的批评里，包含着善意和爱护，一种温暖的感觉油然而生。从此我对叶老师由衷地尊敬，上课时再也不开小差了。结果，地理课成了我成绩最好的功课之一。不仅如此，在叶老师的鼓励和指导下，我学会了绘地图，而且怀着浓厚的兴趣，画得又大又精致，自己裱好后当作作业交给叶老师，老师总是爱惜地把它们保存在图书馆里，作为教学挂图，以尽可能省教学经费。这样我自然成了叶老师比较满意的学生。也因此，我与何老师的接触也就比较多了。

何、叶这一对青年伉俪，一个仪表堂堂，一个白皙娟秀，彼此恩恩爱爱，人们常以赞叹的口吻议论说：这真是"天造地设的一对"。但他俩都端庄大方，穿着朴素，教学认真负责，这是我和许多同学一样，对这两位老师的印象格外深刻的原因之一。

何英鹗老师政治上一贯要求进步，还在中学时代就是一个热血青年，曾参加党领导的进步学生运动。何老师是个多面手，他原来是学航空的，但他完全服从教学需要，叫他教哪一门，他就教哪一门。新中国成立后学校兴建一排教室，由于经费不足，他毅然承担起设计并指导施工的任务，使这幢有六个教室的房屋节省了 30% 的造价。虽然这只是一座单层的平房，但设计者却赋予了它别致的造型，既实用，又美观大方。如果说我后来对建筑美学发生了一点兴趣，那么何老师的这个作品，便是对我最早的启蒙。上高二以后，我就很少见到他了，原来他又无偿地担负起兴建衢州二中的勘测、规划和施工的任务。在衢江畔一百余亩荒地上，只见他戴着一顶草帽，敞着一件灰布中山装，挥洒着汗水。不到两年工夫，几十幢二三层楼房在这里拔地而起，其中有何老师的一份不可磨灭的功劳。那是他一生中的黄金时代，他的才能得到了充分的发挥，他获得了报效祖国的机会。他从来没有像当时那样意气风发过，但从来不炫耀自己。

在我上大学以前，何老师就调到建德去了，他在那里担任严州中学物理教研室主任。教学之余，他先后设计了严中科学馆、新安江中学、白沙电影院等建筑，被评为先进工作者。"文革"后我打听二位老师的消息，却得到不幸的噩耗：英鹗老师在"文革"中被活活迫害死了。这样一位卓越的英才、忠心耿耿的灵魂工程师，正当风华正茂之年，便永远与我们诀别了。叶味真老师精神上受到的打击可想而知，她的健康受到了摧残，还一人艰难地拉扯着四个孩子。她退休后一度回衢州，我曾看望过她几次。三年前她由一个女儿陪着来北京观光，我们又聚首一堂，前后几次相见，令人可慰的是她已经坚强地战胜了自己，仍像以前那么乐观，话题总围绕着过去那些愉快的岁月，不停地打听何老师和她过去教过的那些学生的近况。当她听到他俩的学生几乎遍布全国各地，活跃在各条战线上，有的还挑了大梁，她欣慰地笑了，笑得那么幸福，仿佛一个辛勤的园丁，看到自己30多年如一日所精心浇灌的满园桃李正郁郁葱葱、喷芳吐艳而受到最珍贵的回报一样。叶老师说："当了一辈子的人民教师，除了看到自己的学生成才，还有什么比这更值得喜悦的呢？"

哦，尊敬的老师，您的崇高愿望将永远鞭策学生们努力奋进，以报效祖国的一个个新成绩向您汇报，并以之告慰何老师的在天之灵！

龙年的双喜临门

　　2012 年按照我国传统纪年法是龙年。如今龙年即将过去，我们当记住她留给我们的那些曾引起我们兴奋因而值得我们永久纪念的事情。如果我们一下子还难于盘点出究竟哪些事情有资格列入这样的项目的话，那么至少有两件是不难确定的，那就是这一年有两位同胞分别第一次获得其专业内的最具权威性的国际大奖，即王澍的普利兹克建筑奖和莫言的诺贝尔文学奖，它们都是国人多年来几乎望眼欲穿的盼望和梦想，因而向世界传递了强有力的中国文化信息。

　　莫言与王澍，一个从事文学创作，一个从事建筑设计，因建筑属于艺术范畴，故两个人的劳动成果都通往美学。颇为巧合的是，两个人的精神导向都维系于本土的文化基因，而且两人都在发掘本土的文化基因上执着地进行了长期的追求，最后双双都在美学上获得了重大的突破，因而获得国际同行的普遍认可并赞赏，取得本土同胞问津这两个重要国际奖项的零的突破，使得龙年带着双喜走进历史。

　　两个月来，由于莫言的获奖，全国的文化界、新闻界好不热闹，这番景象随着莫言年终在斯德哥尔摩登上诺贝尔奖领奖台达到顶点。比较起来，王澍的获奖，新闻界的热度就低多了。其实王澍2月份就拿到奖了！但除了业内同行，国人知道的并不多。应该说，这是不太正常的现象。须知，普利茨克建筑奖与诺贝尔文学奖，如果排除奖金的因素，其价值完全是旗鼓相当的。现代主义思潮兴起以来，随着风格多元化局面的形成，建筑设计也同文学、艺术创作一样，个性化倾向日益强烈，因而竞争非常激烈。你若采用别人使用过的建筑语言或符号，大家一眼就看出。因此一座新的建筑想要在国际上获得好评是难而又难的事情。难怪每年诺贝尔文学奖的候选人据说有七八十个，而普利茨克奖的每年候选人则有500多个。从如此庞大的竞争队伍中脱颖而出，是一件多么了不起的事情。大陆建筑师长期盯着这个奖望洋兴叹，如今终于如愿以偿。这是智慧的胜利。这样的大喜事不该让所有中国人都知晓并为之庆贺吗？

现代国际建筑界有多个国际奖项，诸如国际建筑师联盟奖、美国建筑师协会金奖、英国皇家建筑师协会金奖等。但其中最具权威性的是设立于1979年的普利兹克奖，这是公认的国际建筑界的诺贝尔奖！像美国华裔建筑师贝聿铭，悉尼歌剧院的设计者伍重（丹麦），巴黎蓬皮杜艺术文化中心的设计者皮亚诺（意）和罗杰斯（英），被美国评为20世纪十大杰出建筑之一的香港国际机场二期工程的设计者福斯特（英），被誉为"后现代主义建筑之父"的文丘里（美），西班牙古根海姆博物馆的设计者盖里

（美），拉美头号建筑师尼迈耶（巴西），日本划时代的建筑大师、亚洲首位普利兹克奖得主丹下键三，北京鸟巢设计者赫尔措格（瑞士）与德·梅隆（德），央视大厦设计者库哈斯（荷）等，都是国际建坛如雷贯耳的名字，如今又赫然添上王澍的名字，足堪与莫言并驾齐驱，岂不让我等同胞感到格外自豪？

王澍现年49岁，是第四位最年轻的普利兹克奖得主。他出生于乌鲁木齐，在南京工学院（现东南大学）和上海同济大学先后完成学士、硕士、博士学位的攻读过程。在经过了十余年的设计实践之后，他于1997年与妻子一起创办了"业余工作室"，致力于探索自己的设计理念。他立足于本土，追求一种更加生活化、日常化、人性化的建筑。他说："对我来说，建筑出之于一个简单的原因——建筑就是一种日常生活。""当我把我的工作室命名为业余工作室时，我想强调这是自发的，是我的工作试验方面，而非官方和组合性。"很明显，他以"业余"表明，他不尚专业建筑追求神圣高贵的气派，那种宫殿庙堂式的金碧辉煌。他要的是一种平易近人的、亲切温馨的、注入了中国传统人文精神的房子。为此他尽量采用白墙、青砖（常常是不同年代的旧砖）、灰瓦、木板等大家熟悉的南方民居建筑符号，唤起人们对农耕时代留下来的、现在正大量消失的传统精神家园的记忆。但通晓中西建筑和文化的王澍又是在现代建筑理念的指导下进行设计的，故他的设计在形式、风格与尺度上又不是传统的简单重复，而是合乎时代要求和人性需要的超越，故他设计的房子让你见了既熟悉又陌生；既怀旧，又喜新。

王澍的建筑设计严格按照他的理念进行，故作品并不算多，主要散见于吴、越地区，尤以杭州、宁波、苏州、南京等地为主。他的代表作当推中国美术学院象山校区一期工程、宁波当代美术馆、宁波博物馆、苏州大学文正图书馆以及宁波五散房等。他的建筑作品屡屡在国外展出，并不止一次获得国际重要奖项，如 2010 年获得的第 12 届威尼斯建筑双年展特别荣誉奖、2011 年获得的法国建筑学院金奖等。王澍这次荣获国际建筑最高奖可以说是瓜熟蒂落、水到渠成！

莫言和王澍的获奖，使龙年成为中国软实力发展的好兆头。正如 1984 年中国体育健儿在第 23 届奥运会上实现金牌零的突破以后，金牌、银牌滚滚而来，仅 20 年工夫就成金牌数的世界之最。相信中国今后在科技文化方面的金牌亦将日益增多。

艺术家与匠人

同样一件作品，可以出之于艺术家之手，也可以是匠人的作为。但彼此的价值含量或艺术品位往往大相径庭。因为艺术家的天性是创造，而匠人的习性是重复（这里所说的艺术家和匠人，都不在于他们的外在身份，而在于他们的内在实质）。创造凭借的是想象，而重复则是模式的照搬。艺术想象是一种智慧能量的消耗。故那些不同凡响的石破天惊之作，皆出于智慧过人（这种智慧来自与生俱来的天赋加上后天的努力）的艺术家之手。它们所透露的审美信息和艺术韵味总是让人只能意会，不能言传；知其奥妙，却妙不可言。无怪乎自古以来虽有无数的人画过女人的微笑，却只有达·芬奇的《蒙娜丽莎》让人折服不已，谈论不尽。究其奥秘，盖因它的作者是个多才多艺、学识渊博的巨人。他的大脑不仅属于绘画，而且也属于天文地理数理化，这些综合的成分使他的大脑成了经年多汁的"泡菜坛子"，从那里面出来的菜都是鲜美的！难怪古罗马建筑学家维特鲁威要求建筑师（西方的建筑师也属于艺术家）掌握11门学科知识，其中有的知识门类看起来与建筑毫无关系，如医学、心理学等。实际上它们互相是有关系的，这就是综合素质的作用吧。大脑里有了多种元素的储备，就容易触类旁通或融会贯通；有时则经过糅合发酵，酝酿出某种未曾有过的香醇，一种艺术中有意味的韵致，这就是作品中灵气的体现。

凡是有灵气的作品是不可模仿的，因此原创的美都是一次性的，是不可重复的。这是匠人的局限，尤其是中国匠人的局限。中国与欧洲不同，她的知识和技术传授方式自古以来就不是采用集群性、规模性的学校教育，而是依靠师徒传授制度。这种制度的局限性与落后性是显而易见的：徒弟一般只能就地求师，很少有选择的可能性；他只许跟着师傅依样画葫芦，不敢越雷池半步。师傅只能教他自己懂得的那点手艺，最后还得留一手；他没有横向联系，不知道现今这一行的最高水平在哪里；他也谈不上什么相关的基础知识，离上述维特鲁威要求的相差何止十万八千里！自负的师傅还往往坐井观天，让徒弟高山仰止。在这种桎梏下，一个人即便有某种创造的天性，在学徒阶段多半就被扼杀了。于是，陈陈相因，不断重复前人，也不断重复自己，成了匠人的习性，也成为他们的宿命。只有个别的天才人物才有可能成为例外。这也许可称为中国的匠文化。

与中国封建社会的漫长性与顽固性相适应，中国的匠文化也是非常强大的。中国旧时代的知识分子尤其是技术人员从来没有享受过现代意义上的家的地位。例如，我们有举世无双的木构建筑，但我们的鲁班们从来没有改变过工匠的身份；我们有过杰出的表演艺术家，他们却从来没有改变过戏子的称号；我们也不乏世界一流的美术家，他们照样被称为画匠。这种培养匠人与贬低杰出人物的匠文化的长期延续，造成了我国艺术家相当普遍的匠人心态，其主要特征是创造意识薄弱，习惯于承袭前人，仿效他人，重复自己；不敢超越，不敢反叛，从而窒息了自己的创造灵气，而增添了创作中的匠气。须知，灵气乃是艺术个性的灵魂，而匠气则是平庸的同义语。纵览我国的艺术史，具有这种匠人心态的艺术家和带有匠气的作品何其多也！吴冠中先生甚至认为，这一现象占了 90%。这是一个很值得我们反思的问题。正是这种被动性的匠人心态，我们的艺术史少有更新换代的变革，而主要表现为缓慢的、渐进式的发展。其实，更新换代才是艺术发展的规律，而反叛则是这种变革的动力。故最近听到一位现代意识觉醒的艺术家这样说："传承是一种美德，反叛是我的责任。"这两句话看起来似乎互相矛盾，其实是一致的：传承并不在于传统的形式和风格，而在于前人的创造精神。而真正传承这种精神的，从艺术史上看，无不见之于那些敢于反传统的人之中。反传统并不是不要传统或不尊重传统，它只是不重复传统而已。事实上，正是那些反传统的人才开了新思潮的先河，从而丰富并发展了传统。只要回顾一下现代主义思潮兴起以来美术中的毕加索、音乐中的勋伯格、舞蹈中的邓肯、建筑中的高迪以及文学中的卡夫卡，就足以说明问题了。这就不难理解，从世界范围看，现代的文学、艺术家都以重复为忌、为耻，所以享誉世界的已故瑞士戏剧家迪伦马特有过这么一句名言："任何古代大家和现代名家都不应享有让人永远仿效的不公正特权。不过他们可以作为我们的激发者和对话者。"但也正因为如此,现代的艺术家更不好当了。因为前人有过的你不能有,他人有过的你不能有,甚至自己有过的你也不能有,每一件创作都必须是独一无二的"这一个"。否则你就有可能沦为匠人。无怪乎,二战后德国第一个获得诺贝尔文学奖的作家亨利希·伯尔曾说:我每写完一部作品就觉得日子更不好过了,因为下一部就不知道该怎么写了。如果你把目光转向别的艺术领域,比如建筑,你很快会发现,现代城市你几乎再也看不到两幢作为审美追求而设计的完全相同的大型建筑了!

艺术创作的这一趋向,在 2005 年冬天,中德油画家在武夷山举行的"意象武夷"的互动创作中得到鲜明的体现。两国 40 余位艺术家就国别而言各有共性,即德国艺术家普遍趋向抽象,中国艺术家则正不同程度地处于从传统向抽象的转型过程之中。但就各艺术家个人而言,除个别人的作品也许可以找到它的母本,但绝大多数人都在追求自己的个性。说明时代的审美观念已经普遍深入人心。因此从整体看,中国当代艺术家正在脱胎换骨,超越中国传统的艺术家,而告别匠人心态。虽然他们不曾发表过什么声明或宣言,但作品本身就是最好的宣言。这是一个历史性的进步。相信经过诸如此类的经常性的国际交流和互动,中国艺术家完全可以走出崭新的道路。

我与建筑之缘
——《建筑门外谈》序

在我的观念里，建筑作为造型艺术的一门，它是一种大地的雕塑，是一种不依你的意志而存在的客观审美对象，随时诉诸你的视觉器官，迫使你立即产生情绪上的反应——愉悦抑或厌恶、轻松抑或压抑。因此一座建筑一旦耸立而起，它就不同程度地参与了人的精神情操的塑造。这一认知使我一直关注建筑的美学品格，不仅包括纪念性的大型建筑，也包括普通的民居建筑以及城市和村镇的整体景观。

20世纪80年代初第一次赴欧洲，发现人家的建筑五花八门，风格多样；组成城市，则错落有致，一眼看去，就有一种美感。对比国内建筑，却多半破旧，新建的多层和高层建筑，则式样单调：不是冰棍式，就是砖头式。由于身在北京，自然首先更关心首都的建筑，盼望她有朝一日也能像法国的巴黎、俄国的圣彼得堡、西班牙的马德里那样壮丽辉煌。于是写了一篇15000字的长文：《伟大的首都，希望你更美丽》，发表在北京市委的机关刊物《学习与研究》上，《北京晚报》分期作了转载，一时引起街谈巷议。接着，鉴于国内有的建筑专家不承认建筑是艺术，或承认是艺术却不敢谈艺术；又鉴于中国建筑师历史上从来不被重视，被置于工匠地位，以至现在有些大型建筑竣工剪彩时，除了官员都不提建筑师的名字，于是我一连写了两篇短文：《建筑是艺术》和《请建筑师出来谢幕》，先后发表在《人民日报》上，引起建筑界的重视。他们说，我说出了他们想说而不敢说的话。从此我成了建筑界的常客，他们开会常邀请我参加，甚至还选我为建筑文化协会环境艺术专业委员会的理事，因而给了我更多发表意见的机会。后来，90年代以来，我甚至还与作家张抗抗会同建筑界的朋友共同发起过两次"建筑与文学"的大型研讨会，先后在南昌和杭州召开。这类交流活动使我结识了不少建筑界的朋友，不论他们年龄若何，我都视之为我的学长，不仅从他们那里学到不少建筑领域的知识，还经常受到眼界和见识的启悟，因而使我有勇气参与某些建筑领域的争论，并发表某些关于建筑的人文或美学的诉求。

这一诉求在关于国家大剧院的造型设计的争论中表现得最为突出。针对当时业主委员会提出的"三个一看"的原则（即新设计的这个大剧院必须"一看就是个剧院；一看就是中国的；一看就是建在天安门旁边的"），我抢在大剧院设计评审委员会第一轮评审以前，一连写了三篇文章，分别发表在《建筑报》《光明日报》和《人民日报》上，用悉尼歌剧院、朗香教堂等实例反驳了"三个一看"的观点，目的是阻止又一个"大屋顶"建筑的产生。因为我认为，建筑，尤其是纪念性的大型建筑乃是一个时代的标记，是这个时代民族文化的主要符号。以大屋顶为特征的中国木构建筑，是农耕时代的产物，她的完形至少已有两千多年的历史了。随着农耕时代正在成为历史，随着工业文明所带来的崭新的建筑材料（金属、水泥、玻璃、钢塑等），作为与农耕文明相依相伴的木构建筑的主流也应进入博物馆了。另外，美是流动的，一个时代有一个时代的审美风尚。因此艺术最忌重复，因为重复是匠人的习性，而创造才是艺术家的本色。难怪，凡是真正的艺术家都以重复为耻：他既不重复前人的，也不重复他人的，甚至也不重复自己的；他的每一件作品都追求"我"的"这一个"。因此，继承传统，实乃继承前人的艺术创造精神。把重复前人的形式和风格当作继承传统，实质上是在窒息传统。只有艺术外行才会把这当作口头禅。如果花 30 亿人民币买一座没有创意的建筑物，那是对民族的艺术创造力的嘲弄。鉴于即将诞生的国家大剧院是一座国家级的文化娱乐设施，她应该通过自身的造型透露出国家的开放路向，释放出新的时代审美信息。因此我在文章中提出：采用反差的审美原理倒是可取的。这样她与周围的传统建筑形成新旧时代的对话态势。评审委员会是否顾及到我这个建议不得而知，最后大剧院设计方案落槌的时候，新闻媒体引用的是我的这个观点的原话。

鉴于"文革"中文物遭受严重破坏，改革开放以来国民的文物保护意识开始觉醒。但觉醒是一个较长的过程，在这过程中许多人知道了要保护，却不懂得如何去保护；尤其对于建筑遗存，不尊重"修旧如旧"的原则，要么简单地修葺一新，要么铲平重来，陷入严重的误区，以至在伟大长城的遗址上又耸立起一座座"壮观"的崭新的长城！由于我近30余年来常有去国外走走的机会，知道这样做是不符合文物保护的科学理念和国际共识的，好心的保护，反而造成许多重要文物的破坏。于是我决心介入这一重要问题的论争。80年代中期，正当圆明园遗址的推土机隆隆作响，我以一篇《废墟也是一种美》的文章（载《光明日报》）呼吁住手；后更有房地产开发商在某些专家学者支持下在北京市政协提案，要求在遗址上重建圆明园，以"重现昔日造园艺术的辉煌"，我又以一篇《美是不可重复的》的文章（载《人民日报》）提出质疑。在尔后的一拨又一拨的争论中，这两篇文章的题目成为人们经常引用的命题，我则被称为反对复建圆明园的"废墟派"的代表。

改革开放以来随着建设规模的扩大和速度的加快，我国各地的文物遗产特别是有保留价值的古建筑受到严重的威胁和破坏。首先在北京，由于当时那位长官自己概念没有弄清，把"夺回古都风貌"简单地变成在钢筋水泥上大贴古建符号，被市民讥讽为"西服加瓜皮帽"。以至在古都范围垒起了一堆堆庞大的这类滑稽建筑，甚至出现了离古都老远的西客站在已建成的西式大门上硬加上一个中式大屋顶的可笑现象。针对这一趋势，我赶紧在《人民日报》以《什么是古都风貌》为题发表文章，指出，要维护（"夺回"已不可能）古都风貌，首先必须在美学上给予古都以明确的定位，那就是以南北中轴线上的皇家建筑为主体，以它的高度为天际线，以它的金碧辉煌为主色调，其他建筑都处于服从地位。因此今天在古都范围要兴土木，必须在高度、体量和色调上对已成为古董的皇家建筑采取让的姿态，即以低矮衬托它的崇高，以灰淡衬托它的辉煌，而绝不能像现在的以"夺回"名义耸立而起的许多建筑新贵那样处处摆出争的架势，步步为营，强势进逼，以它们普遍超过45米的高度淹没了皇家建筑的天际线，以它们的庞大块头搅乱了古城皇家建筑与民间建筑高低悬殊的轮廓线，至于它们的华彩更使皇家建筑的瑰丽黯然失色。

中华文明是以农耕文明为主体的，因此它的大量历史证物都在乡村。除了土豪，当年的许多达官显贵都来自乡村，在外面成了气候之后，也要在家乡建造像样的住宅或陵寝甚或祠堂、寺庙、牌坊、古桥等，以显示他的身份之显赫或表示他对家乡的贡献。这就使我国乡村存在着为数不少的具有贵重历史文化价值的古村落和古建筑，如浙江兰溪市（县）的诸葛村、江苏昆山市（县）的周庄、江苏吴江市（县）的同里、浙江海宁县的乌镇、江西婺源县的婺源镇等，无不令人赞赏；浙江东阳市（县）的卢宅、山西乔县的乔家大院、云南建水县城的朱家花园等，亦都让人惊叹。皖南的宏村和西递村甚至成了中外瞩目的世界遗产。笔者生长在农村，对这类古建筑有着特殊的感情。然而近20多年来，全国各地大量这类古建遗产成了许多官员GDP冲动或房地产黑浪的殉葬品！我曾听我国文物保护的重要功臣和权威谢辰生老先生谈及：仅 1994、1995 这两年，全国文物遭受的破坏即超过了"文革"。我听了非常震惊和焦虑。难怪我的一位年逾八十的老朋友、一向从事外国建筑研究的清华大学陈志华教授在 80 年代末就来了个"急转身"，带上几个研究生，反复奔跑于大江南北，20 余年如一日，全力投入乡村古城镇的保护，师生先后写出了十余本以村名为题的著作，并使上面提及的诸葛村成了全国重点文物保护单位。在他的激励下，我也决心抽出一部分精力投入抢救行动，先后多次通过全国政协写了提案，并把它们的内容写成文章，分别发表在《人民日报》《光明日报》《中国文化报》等大报上，如《维护文物的尊严》《谁来保护这样的瑰宝》《古城保护不要大拆大建，追求焕然一新》等，主张让古城"渐进地、织补式地自然生长"。此外我还先后两次与谢辰生、陈志华、毛昭晰等老专家一起，先后两次参加了分别在苏州和浙江建德召开的保护古村落研讨会，一起签名发表"苏州宣言"和"建德宣言"。

总览上述可以看出，这本集子里所收的大部分篇什多少都带点火药味。它们反映了改革开放以来我国同胞在建筑领域前进的步伐。这步伐尽管有些沉重并充满杂音，但它毕竟在前进着。

我与北京人艺

今年正好是我来北京上学的 50 周年，也是我开始深陷北京人艺的 50 周年。

我生长在浙西一个较偏僻的乡村，上中学前没有进过县城，上大学前没有去过省城，是个小土老帽儿。一年只能看上一次皮影戏和一次大班演出的地方戏——婺剧。不料就这么一点难得的娱乐，却刺激了我对戏剧的兴趣。新中国成立后，大班无影无踪，我很不甘心，就利用寒暑假办起了农村剧团，来填补这个空白。在县城里看的主要是越剧，只偶尔能看到省城话剧团的巡回演出，它模仿生活的真实感让我惊喜和陶醉，从此我对话剧的兴趣超过了戏曲。

来北京后，第一次看到首都剧场时，觉得她庄严、堂皇而且新式，兴奋不已。不久，仰慕已久的《日出》在这里上演，它与我在县城里看到的话剧不可同日而语，感到领略了全国最高水平的演出。从此北京人艺与首都剧场合而为一，一座庄严神圣的艺术殿堂在我心目中耸立而起。此后，《虎符》啦，《蔡文姬》啦，《武则天》啦，以及《骆驼祥子》《茶馆》《北京人》《风雪夜归人》《名优之死》《关汉卿》《带枪的人》《伊索》《悭吝人》《三姐妹》《智者千虑必有一失》……这些中外名剧都一个一个争着去看了。尽管那时我是个穷学生，国家给的加上亲戚接济的一共每月只有6元零花钱，但买北京人艺的戏票我从来是在所不惜的。当时的交通不如现在，常常到西直门赶不上末班车（那时的戏一般都是3小时），从西直门至北大9公里，一口气徒步走到学校从来不嫌路远，不觉累，也不怕晚。

你看我多么幸运：焦菊隐先生在他的黄金时期所导的戏和郭、老、曹的经典名剧，以及刁光覃、于是之、朱琳等大师的出色表演，我都领略到了。这对于一个求知欲处于最旺盛时期、对戏剧有着浓厚兴趣的青年学生来说，意味着什么是不言而喻的。如果说焦菊隐的杰出导演艺术和上述名家的卓越贡献奠定了北京人艺在中国现代戏剧史上的至尊地位，那么他们的成就对我这一生的戏剧素养无疑起了决定性作用。是的，每当我想起《蔡文姬》中那种温柔敦厚、诗情洋溢的韵味，《茶馆》中那种冷峻、凝重而幽默的情致，都会唤起我的无穷的美的回味。尽管我近30年来的文学研究始终在以表现论为美学特征的现代主义领域，但对那个年代接受的以模仿论为特征的斯坦尼体系的戏剧美学从不厌弃。这好比饮食，一个人在青少年时期形成的口味，他一生中都难以改变的。何况，模仿论的戏剧美学对中国戏剧的发展来说是一个必然。因为中国的传统艺术（主要包括戏曲和绘画）基本上是表现型的，而人类所拥有的以模仿论为审美特征的艺术在别的地域已经存在很长时间了。这就不奇怪，当话剧这一新的戏剧形式从西方舶来中国的时候，虽然那里以表现论为前导的现代主义思潮正方兴未艾，但中国的普罗米修斯们，无论戏剧中的欧阳予倩，或是美术中的徐悲鸿，乃至文学中的鲁迅，都把模仿论作为偷火的首务。道理很简单：这在西方人无疑都已吃饱，但中国人还是空腹呀。这时候，"美就是生活"依然是他们的艺术信条。这就难怪，当我第一次看到北京人艺演出的话剧把生活模仿得那么像时，感受到的简直就是美的极致了！因此，北京人艺的上述扛鼎人物的历史贡献就在于他们填补了中国现代戏剧史上的这一重要空白，而这对于我这一生的戏剧观来说，也是必不可少的第一课。所以，我始终把北京人艺看作我的戏剧摇篮。

突如其来的"文革"强行阻止了焦菊隐那一代人的才情的进一步发挥，也过早结束了北京人艺那一段辉煌的历史。"文革"以后北京人艺跨入了新的阶段，一个以多元艺术为特征的阶段。如果说在第一阶段，我作为青年学生还只能以一个观众的身份与北京人艺发生间接的关系，那么在这一阶段，我就以一个参与者的身份直接与人艺发生关系了！

发生这种关系的机缘有两个：一是我的同代人开始挑起北京人艺的大梁，作为戏剧爱好者我与他们一一结谊；再一个是我的研究对象中有布莱希特和迪伦马特这样重要的戏剧家，我有义务把他们介绍给中国戏剧界，而他们正开始在中国成为热点。

最早结识的人艺人是林兆华，缘起于向他推荐迪伦马特的代表作之一《贵妇还乡》，借给他的译本是我在"文革"期间从一家旧书店淘得的"文革"前官方出版社作为"反面教材"出版的黄皮书。未及他的答复，我就获悉著名表演艺术家蓝天野早已盯上了这个剧，而且剧院已经通过，由他来执导这出戏。1982年初，我从德国考察回来，蓝天野正在排《贵妇还乡》，他抱怨我选编并主译的《迪伦马特喜剧选》一书到处买不到，连出版社也搜罗不出一本来，我便送了一本给他（同样也送给了林兆华），并从我在迪伦马特家作客时拍的十几张迪氏的照片中选出一张最好的，大幅度放大，送给了他，演出期间，它和其他有关图片一起展贴在大厅南侧的镜框里。《贵妇还乡》演出后，我在《光明日报》发表了一篇评论。尽管演出在导演思路上与原作存在美学错位（原作是表现型的，而《贵》剧则是写实型的），鉴于蓝先生的演艺经历和我国观众当时的接受习惯，鉴于演员阵容的强大，我还是对该剧作了充分的肯定。《贵》剧第一轮演完后，同年5月，上海戏剧学院因演出我翻译的迪伦马特的另一个代表作《物理学家》，邀请我去该校讲几堂课，同时也邀请了蓝天野，于是我俩一起同行，并在上戏住了个把礼拜。这样我与蓝先生也结下了友情，后来常去史家胡同看望他和狄辛大姐，见他们的客厅里悬挂着一幅黄永玉的大型画作，才知蓝先生还是个书画爱好者，而且跟黄永玉有很深的交情。

这期间我还结交了另一位人艺新秀高行健。高于1981年出版了《现代小说技巧初探》一书，引起文坛很大反响，王蒙、冯骥才、刘心武等名家都纷纷著文为之奔走相告。我读了后，觉得一个学外文出身的人，能用自己的语言，流畅的文笔，将20世纪以来西方兴起的文学新思潮、新理论、新技巧写得那么有条不紊，而且容易理解，钦佩不已。作为一个同样学外文出身的人，我感到自愧不如。那时由于职业关系，我也正在思考和求解西方现代主义文学中的种种现象和问题，便主动要求一晤。当时他就住在东总布胡同的一间破旧平房里，离我们单位仅一箭之遥。见面时，他正在门口收拾准备当晚下锅的小白鱼。我没有让他停下手头的活，就站着和他说话，直到他把活干完才进屋。我先询问了他的大学生活、"文革"经历和成书过程，直至家庭情况，然后就把话题转到他正与林兆华合作排练的《绝对信号》。我问他两人如何合作？他说："我们的合作是很自由，很默契的：林兆华根据导演的要求可以随时改动我的剧本，因此我从他那里学来了不少导演知识。我的观念比较新，我也随时可以改变导演原来的设计，使他改变某些固有的戏剧模式。总之，要使这个戏具有现代感。"后来，他叫我去看了《绝对信号》的排练。虽然我对这出戏的题材和内容都不觉得新鲜，但对编导把意识流的手法引进舞台感到兴趣，第一次见到这种没有墙的开放性小舞台也觉得新颖。因而预感到：中国戏剧改革的信号即将从北京人艺升起，又一次感到北京人艺毕竟是实力雄厚、最具再生能力的艺术阵地。同时也为林兆华暗暗欣喜：遇到这样一位既懂外文，又善写剧，而且观点又新锐的合作者，必将对人艺乃至中国戏剧改革有所作为。

《绝对信号》获得成功后，林、高继续合作，很快又推出《车站》一剧。不料，未等第一轮演完，便被一场突如其来的"清除精神污染"运动清除了。我担心高行健禁不住压力，便把他请到家里来吃饭。我问他："剧院对你的态度如何？"他宽慰地回答："在院内大家还像以前一样对待我，前几天夏老（即夏淳）还请我吃饭呢。"他的这一回答又一次使我对北京人艺更加肃然起敬，觉得这不愧是一个具有凝聚力的艺术家群体，富有艺术家的良心，懂得理解和宽容，懂得爱惜人才。饭后，高说：暂时不想再搞创作了，想搞一段时间的戏剧理论探索，计划写一部《小说初探》的姐妹篇：《现代戏剧技巧初探》。与"西方化"相对，他提出了一个"化西方"的概念，认为中国戏剧的出路还是要建立在民族戏剧的基础上，不能放弃唱、做、念、打这些基本要素。他还认为，中国戏剧必须寻回在其发展过程中丢失了的许多有益的东西。而这些东西在今天某些地区的民间还能找到。为此，他准备去一趟西南考察。我很赞成他的想法，说："这太好了！你已经有了一定的戏剧创作经验和舞台实践，再进行一番实地考察，这第二部《初探》将会比第一部更生动、更丰实，也将在戏剧界产生热烈反响。"果然，不久他便以考察生态的名义，拿了林业部的一封介绍信，去了神农架和贵州一带，一走就是六个月。回京后，他带着一纸袋海蛇干来看我，由于事先没有准备，我只得用我头天吃剩的、我自己烧的半碗辣味牛肉招待他，他却毫不在乎，闷着头狼吞虎咽地一口气把它吃了个精光。我心想：可怜的单身汉啊。吃完后他说，这次出去果然没有白走：长江中上游确实有大量戏剧丢失的历史遗物。他指的是民间流行的各种祭祀仪式和迎神驱鬼的娱乐形式，如面具、傩、旱魃等。他透露，他正在写一个以追野人传说为题材，讲生态保护的戏，并将这些成分融入进去。我说，就主题说，这将是国内创作的一个突破。在讨论到形式的时候，我们虽然也谈论格罗多夫斯基的"质朴戏剧"和阿尔托的"残酷戏剧"，但谈得更多的是布莱希特，并兼及蒙太奇。我着重向他介绍了德国表现主义小说家德布林的长篇名文《论小说创作》中的一个受到布莱希特赞赏的观点：将生活切成碎片，然后重新加以组合。他说，他写这个剧本就是有意识运用布莱希特的观点的（不久他曾写了《我与布莱希特》一文），并且写成一个"多声部、多视象"的戏。这就是后来林兆华执导的《野人》。

林兆华与高行健的合作过程，正像他自己所承认的那样，是一个一再接受挑战的过程。大家知道，《野人》是一种散体结构，是诸多生活碎片的组合，这给导演提出了很大的难题。但经过与高的多年磨合，他显然谙熟了现代艺术的奥秘，悟得了"真正的艺术是忽视艺术的"（罗丹语）这一辩证法则，终于成功地把这出表现"生态学和意识流动的戏"排成了一出"多声部、多视象、多层次"的丰富舞台意象的戏。我至今还牢牢记住了刘厚生同志看完这出戏后所写的感触："《野人》是一出看上十次剧本也很难想象舞台上是什么样的戏，真不知道导演会有那么丰富的想象能力，居然把这个戏排得热闹非凡。"

在对现代艺术的探索中，我很赞赏林兆华宏阔的艺术视野和垦荒精神，尤其欣赏他的这几句名言："我不受任何流派的约束，但我对任何流派都没有抗药性。""艺术家本应像哥伦布那样。不冒风险怎么能开拓新的航道？""创新固然不一定都会取得成功。都原原本本地重复前人的传统，还要我们后人做什么？""重复就是倒退。"我从在文学和其他艺术领域的涉猎中知道，这是一个现代艺术家应有的风范。

但林兆华毕竟是学斯坦尼出身的，他的体验情结总是挥之不去（也许他觉得父辈那一代人的使命并未最后完成），成了体验与表现双肩挑的艺术家。如果说《野人》标志着林兆华现代艺术思维的成熟，那么他执导的《狗儿爷涅槃》《红白喜事》等名剧，则充分说明他的体验功底的扎实。因此在 80 年代，我很看重和看好林兆华和高行健这一对搭档的亲密合作，认为这种合作有力地推动着北京人艺的改革开放，使她从一元走向多元，从而获得与国际接轨和对话的能力，在新的起点上再创辉煌。这就不难理解，在我国众多的戏剧艺术家中，我只为三个人写过万言以上的长文：除徐晓钟外，就是高行健和林兆华。我写高行健的题目是：《艺术探险的尖头兵》；写林兆华的题目是：《垦荒者的足迹与风采》。它们在收入关于高、林的研究专集以前，分别发表在《当代艺术评论》和《文艺研究》上。

导演是一个剧院的灵魂，创新是她的生命。导演的成败决定着剧院的兴衰，导演有无创新能力，决定着她的前途。正是在这个意义上，我十分看重林兆华对于新时期的北京人艺的作用和意义。高行健离开后，1992年在庆祝北京人艺建院40周年的研讨会上，我发言的中心意思是强调：北京人艺的40年，明显地分为两个阶段。如果说前阶段舞台上的主角是焦菊隐，那么后阶段就是林兆华。同时认为，在开放的时代条件下，一个剧院如果只固守某一种风格，譬如"人艺风格"，那么她充其量只是个"单腿巨人"！这个观点我在去年的焦菊隐研讨会上仍然强调。

从90年代中期起，北京人艺又让我看到了新的亮点，这就是剧作家过时行和青年导演李六乙的崛起。过时行一走上剧坛，就炮炮打响，从"闲人三部曲"开始，几乎每出戏都被名导演搬上舞台，这在中国话剧史上恐怕是罕见的。他的主要突破是摆脱任何意识形态干系，还戏剧以娱乐的功能，而又写得生动、有趣，甚至寓有某种哲理。作者多次跟我讲：他的创作得益于迪伦马特，尤其受迪氏的悖谬审美思维的启迪。他在一篇文章中甚至公开宣称："没有迪伦马特，我甚至根本不会想到写戏。"作为迪伦马特的研究者和他的悖谬情趣的鼓吹者，我感到欣慰，因此与过时行保持着较多的往来。

李六乙的舞台思维颇为先锋，在这点上他甚至超过了林兆华。而这是可喜的，表明人艺"江山代有才人出"。从他近十年来所导的一系列话剧和戏曲来看，觉得这是个有追求、有思想因而是个有前途的青年艺术家。虽然他的戏有时让人觉得看不懂甚或有"亵渎经典"之嫌。但先锋是探险，是付出，它触及的多半是未知领域，往往与人们的审美惰性相碰撞。因此每当有记者问及的时候，我总是为他辩护的。事实上李六乙是个值得期待的后起之秀，去年的《北京人》不是获得相当一致的好评吗？

新世纪以来，青年导演任鸣也日益引起我的关注。90年代似乎还不好为他作美学定位。现在可以了：他似乎执意要在人艺风格的路子上继续开掘。自《油漆未干》到最近的《哗变》，他一步一个脚印，排的戏越来越经得起推敲。人艺风格是北京人艺在体验演艺学方面多年锤炼出的精华，是众多艺术家智慧和心血的结晶，需要有人来继承、丰富和升华，使之在多元格局中作为重要一元而长期存在。相信任鸣一定能在这方面不断做出新的贡献。

在人艺的老一代艺术家中，为我敬重而又有所接触的还有朱琳、于是之、苏民和林连昆。朱琳在《蔡文姬》《武则天》《贵妇还乡》等剧中的表演给我留下十分深刻的印象。在《贵妇还乡》上演前后开始认识她，一直想为她写篇传记，可惜始终抽不出时间来，看来要成为终身遗憾了。

于是之作为表演艺术家最使我难忘的，是他在《洋麻将》中其身心之投入，演技之高超，堪称绝响。作为改革开放以来的第一任院领导，他的开拓精神和战略眼光，使北京人艺走向多元迈出决定性的一步。没有他就没有林、高的合作，就没有《绝对信号》这一里程碑事件。他很信任我，每次开会他都很认真听取我的发言。当然我也十分敬重他。只是因为年龄关系，跟他来往就不像跟后来的锦云那样随便，有说有笑。

林连昆一如音乐界的杨洪基：身怀绝技，却出道较晚。自《绝对信号》以来的近20年精彩演出中，他的狗儿爷表演尤其让我倾倒，简直五体投地。单为这出戏我先后写了两篇赞颂文章，分别发表在《中国文化报》和《文艺研究》上，这是我看过的所有的戏中仅有的一例。我对他和于老这两位杰出的表演艺术家过早结束艺术生命感到暗暗忧伤。

苏民老先生身为老书记，却毫无官架子。作为艺术家，虽年高八旬，仍不倦追求。他的《李白》的幕间吟诵，令我激动不已：那洪亮而悦耳的嗓音和歌唱般的节律，真是莫大的审美享受。在我听过的所有朗诵中，肯定地说，无人堪与媲美。是的，据我所知，在老一代的人艺艺术家中，普遍都善诗词书画。这是人艺艺术实力的最后根源。

北京人艺的宣传工作历来是强有力的，早在80年代初就建立了"人艺之友联谊会"，那时我就成了她的会员，并在王宏涛先生的热情约请下，经常为她的机关报《人艺之友报》写稿，尤其是"欧洲戏剧流派"系列介绍写了几十篇，深得夏淳老先生赞赏，他多次鼓励我："写下去，写下去，以便将来集成一本书。"可惜我太粗心，多半散失了，看来永远集不成一本书。人艺的有效宣传工作是人艺对内对外获得凝聚力的重要因素，希望能坚持下去。

推销员为什么会死

《推销员之死》为现代世界名剧。它一问世即轰动大半个世界。仅纽约首演后的头 21 个月内即上演 742 场。那是在 1949年。西方世界经历了 1929 年以来的严重的经济大萧条,尤其是第二次世界大战的消耗,一般老百姓的生活都很艰难。而在一个"弱肉强食"的现代资本主义社会里,一个勤劳、正直的小民要过一种有尊严的生活更是谈何容易。剧中的男主角推销员为一家公司卖力地干了 35 年以后,尽管公司很满意,远近口碑也好,但毕竟年老力衰,还是被人家无情地辞退了。任凭他再三恳求,仍无济于事。而他与妻子寄予希望、苦苦拉扯大的两个儿子,偏偏又不争气,除了爱玩,成天耽于发大财的幻想与空谈。生活日益拮据,分期付款的债务再也还不清,而且最后发现:他的两个宝贝儿子并没有像母亲所希望的那样爱戴他。一家人谁的好梦都没有做成。在绝望中他变得神思恍惚,不时与已故哥哥的亡灵对话。最终想到的唯一出路,是死后能拿回两万块钱的人身保险金。他一怒之下开车出去,就再也没能回来……

艺术的精髓是思想,思想的精髓是灵魂。《推销员之死》之所以一问世就引起巨大的反响，因为它触到了人们灵魂中的一个痛处：梦想—追求—失败。尤其是对于普通人，这几乎是一个公式。君不见，在孩提时期，哪个人没有说过"我长大了要做科学家""作家""将军"之类的豪言壮语？但到头来，除了少数万分之一的侥幸者外，有几个如愿以偿？《推销员之死》剧中的推销员是芸芸众生中的一个小人物，他的梦想、他的追求和失败具有普遍性，在竞争激烈、强调效率、追求利润的现代工业社会里个人的力量是微乎其微的，因而容易唤起人们的同情和共鸣。

《推销员之死》剧成功的第二个原因，据我看是美学上的，即二战后写小人物是一股思潮。欧洲文艺在 19 世纪以前的古典主义统治时期，明文规定小人物是不许充当作品的主人公的。莫里哀违背过一次，差点坐牢；后来雨果有意反抗，也被喝倒彩。19 世纪末以来，随着古典主义的式微和现代主义的兴起，这条"把人民当渣滓"的混账律条才被推翻。尤其在两次世界大战中，人们普遍看到，遭受灾难最深重的是普通老百姓。因此，二战后写普通小人物的命运成为一种时尚。德国青年作家波歇尔特1946 年发表的《大门外面》一炮打响。战后德国第一位诺奖得主伯尔也以写小人物著称。瑞士戏剧家迪伦马特更是明确宣称：现代创作"使用一个普通老百姓、一个普通职员或普通警察要比用一个部长更加有效"。《推销员之死》剧主人公的名字 Willy Loman，若拆写成 low ＋ man 即小人物的意思。

《推销员之死》剧成功的再一个美学因素，是表现技巧的新颖。它采用了表现主义与意识流相结合的技巧，打破了时空的界限，设置了两条平行的情节线，交替演进：他的家庭生活以及与公司、朋友间的活动是为外部情节线，是为主线；他的内心活动，他的想象的或回忆的内容，他与他的已故哥哥的对话等构成副线。两条情节线在自由的时空中交替运行，生活容量很大，而且生动有趣，人物性格的阴面、阳面都能见到。

最后一个成功理由不能不归结为作者戏剧艺术的功力，他的编剧技巧尤其是他的对话的语言能力，他的语言在表现人物性格方面的那种准确性与生动性，给观众留下鲜明的印象。

此外值得一提的是，阿瑟·米勒是个随父辈从奥地利来到美国的犹太人，半工半读的底层生存体验，使他对现代工业社会的弊端具有切肤之痛，对弱势群体的生存处境获得深刻的理解和同情，从而揭破了所谓从洗碗工到百万富翁的"美国梦"的谎话，并由此产生了他的社会批判态度和维护人格尊严意识。这一世界观因素无疑在他的创作中，尤其在《推销员之死》剧中留下了鲜明的印记，相信读者不难看出。

30 年来《推销员之死》首先在北京人艺被搬上舞台，现在又予以重排，显示了北京人艺的战略眼光和雄厚的实力。这次执导的李六乙是个创新意识很强的实力派艺术家。尽管 1983 年的《推销员之死》剧演出版是一座里程碑，他却不愿步前人的后尘，而宁肯另辟蹊径。首先他的舞美是全新的，这更符合原作完全取消了时空界限的特点。我很欣赏那高高的一面墙，它起着多功能的作用，尤其是当它充当影壁的时候：你看启幕时，母子们在它上面的投影，尤其是女主人公坐在椅子上的投影，多么美！其次是舞台调度也与上次大异其趣。上次可能为了照顾当时中国观众的欣赏习惯和接受能力，舞台调度实了些，例如洛曼与妓女那一场，现在不仅与以往的舞台位置相反，而且也更虚、更含蓄一些。而这样的处理我认为更符合原剧精神。三是扮演男主角的演员选得好，调教得也到位，相当准确地把洛曼这个特定的小人物的精神情状给演活了！由于他在台面上的分量相当大，只要他演成功了，则整台戏也就光亮了。当然其他演员的表演也都是合格的。其他诸如灯光和音乐，都相当不错。

不足之处也是存在的。如女主人公的化装甚至整个造型，我认为尚需推敲一下。在我看来，她的发型、她的披肩，还有演员本身的气质，都显得这位小人物家的贤妻良母不免高贵了些，不符合她的特定身份。

总的来说，新版的《推销员之死》由于运用了新的现代艺术理念和有效招数，明显拓宽了这出经典戏剧的艺术表现空间，有益于推动我国当代戏剧的发展，是值得庆贺的。

歌德的"全人"人格和人类关怀

对于歌德的伟大这一认知，我是恰恰在一个企图不要文学的年代获得的。那是1958年，在一股极"左"思潮的蛊惑下，西语系的学生也嚷嚷着要大批"资产阶级文学"。我们德语系的师生于是集会，提出首先要批"最大的"——歌德。但是，只见站在讲台上的系主任兼歌德研究专家冯至先生却迟迟不肯表态。最后他涨红着脸郑重地说："同学们，我要告诉大家：如果我们批了歌德，会伤害德国人的民族感情的。"听了这句话，一个伟大形象在我心目中立刻耸立而起。后来随着知识的积累，歌德的形象日益丰满起来，知道他不仅是德国最伟大诗人，而且在欧洲也是数一数二。1985年曾见欧洲五个文学大国的媒体举行过一次民意测验，评选欧洲已故的最伟大的十位作家，歌德名列第二，仅次于莎士比亚。无怪乎他的代表作《浮士德》被公认为欧洲"四大名著"之一。

他是爱国者，但不是爱国主义者

歌德是个全能式的天才诗人，而且是个目光远大、拥抱全人类的文化巨人。在青年时期他就宣称："我比过去任何时候都更加面对广阔的世界和无羁的大自然。"从他的成熟年代起，他就总是站在时代的制高点来观察历史的走向，以宏阔的视野确立事业的战略目标。

但他又是个脚踏实地、从本民族的土地上起步出发的。大家知道，日耳曼民族是个强势民族。但从中世纪后期起，主要由这个民族构成的德意志帝国（通常称日耳曼神圣罗马帝国）却是个四分五裂的国度，直到1871年统一以前。所以在文艺复兴时期，德国文学没有像欧洲其他大国诸如英、法、意、西等国那样燃起熊熊火焰。从启蒙运动起，德国的知识精英们由于长期在政治方面找不到出路，便把注意力转到文学和文化方面来。从18世纪起，德国文学界为振兴民族文学，都想从周边各文学大国寻找学习榜样。除了莱辛等少数人，许多人包括当时文学界泰斗戈特舍德在内，都主张学习古典主义盛行的法国。到歌德登上文坛时，他竭力主张要学就学英国，因为英国有以莎士比亚为代表的、不死守僵死规范的、充满创造活力的作家群。1771年9月，22岁的青年歌德在一个小型会议上作纪念莎士比亚演讲时欣喜若狂地说："我读完他作品的第一页，就已经终身倾心于他了；等到读完他的第一个剧本，我更像一个天生的盲人，伸手一摸便突然见到了光明。"同时他表示对"讲规则"的古典主义感到"牢狱般可怕"，它"像桎梏一般束缚着我们的想象力"。歌德的这一感受和判断完全把握住了欧洲文学发展的健康方向。

这时德国正处于"狂飙突进"时期，歌德等一批激进的反封建的青年人以新锐的精神风貌和文学风范登上文坛。随着歌德步入政坛，正当"狂飙突进"的势头行将消歇之时，一个比歌德小十岁的青年人追赶了上来，他以《强盗》《阴谋与爱情》等一系列启蒙性的反封建、反贵族统治的戏剧轰动德国乃至欧洲剧坛。这就是后来兼戏剧家、诗人、美学家、哲学家和历史学家于一身的席勒。经过几年的接触和交往，歌德深深为席勒振兴民族文学的伟大抱负所感动，也为他的天才敏锐性而钦佩。于是他决心接受席勒的美意，与席勒结成文学创作上的战略同盟。正是在席勒丰富的创作灵感的频频刺激下，歌德那被十年宫廷生活弄疲惫了的创作欲重新被激活，从而开始了两位巨人长达十年的亲密合作。在互相切磋中不仅扩充了创作题材，也使双方许多创意得到提升，尤其是歌德关于《浮士德》的构想，在席勒的建议下有了质的飞跃。在这一合作中双方一致认定：古代希腊文学的那种自然质朴的人文底蕴、巨大的原创精神和静穆、高贵的美学风范，应该成为德国文学发展的坐标。这就使18世纪的德国文学既避免了启蒙时期过于强调理性，"狂飙突进"时期又过于张扬个性的偏颇，从而使德国文学找到了自己的平衡而和谐的定位。同时两人都厌弃以法国为代表的古典主义一味从形式和风格上不断重复古希腊的弊端。这意味着德国文学从此培育起了自己民族的根苗。德国文学就这样开始了被称为"古典时期"的独立发展，很快达到高峰，并有资格跻身于欧洲文学大国的行列！无怪乎席勒过早去世时，歌德沉痛地哀悼说：他"失去了生命的一半"。这是歌德的肺腑之言。确实，如果没有席勒的真诚加盟和有力推动，也许就不再有歌德艺术生命的新生。

一种文学的伟大，其艺术上的成就往往是次要的，思想的深邃才是它的灵魂。18 世纪末德国文学之所以很快达到高峰，还有一个重要因素，就是一位伟大哲学家的参与。他就是康德。康德不仅是 18 世纪德国最伟大的哲学家，而且也是最伟大的美学家。他通过三个《批判》即《纯粹理性批判》《实践理性批判》和《判断力批判》，一举颠覆了学院味十足的理性主义哲学，导致了欧洲哲学上史上"哥白尼式的转折"，从而为欧洲古典主义哲学奠定了基础，也成为浪漫主义运动的哲学支撑。康德的不寻常之处是把人放在哲学研究的中心，这使他的美学渗透着人道主义与理性主义精神，容易与作为人学的文学交融，因而成为德国古典文学的哲学基础。事实上在康德后期，尤其是 1790 年他的以美学为主轴的第三部力作《判断力批判》出版以后，德国作家更争相学习康德，其中获益最大的是席勒。席勒的许多命题都来自康德，最终又超越了康德，建立起自成一体的美学理论，有的甚至达到"德国文论的极致"（托马斯·曼语）。歌德是个纯粹的诗人，他通常不喜欢哲学理论和哲学家，但唯独康德他推崇备至，并与之友好往来。《浮士德》达到那么深刻的哲理，与这一思潮有必然联系。这说明康德哲学和美学在相当程度上参与了这时期德国文学发展的进程。可以设想，如果没有康德，则这时期的德国文学未必能达到德国文学史上的高峰。这就是说，德国在文学上取得独立，至少包括三个关键人物：歌德、席勒和康德。而歌德作为核心人物，他的战略眼光和凝聚力是至关重要的。

歌德作为一个有政治身份的作家，他对祖国所承担的义务和贡献已如上述。歌德在宫廷任职期间创建的那座迄今仍耸立在魏玛的民族剧院，就是歌德这一心志的历史见证。

但作为一个伟大诗人和智者，歌德是人类良知的代表，他是属于全人类的。这一点歌德自己分明是意识到的。晚年在与艾克曼的谈话中，有一篇政治遗嘱性质的记录。其中有这样一段："诗人作为一个人和公民会爱自己的祖国。然而他的诗才和诗歌活动的祖国则是善、高尚和美。"（这与康德的美学追求一致）因此，我们可以说歌德是个爱国者，但不能说他是个爱国主义者。因为善、美和崇高的价值是供全人类共享的，是没有国界的。

塑造全人和世界公民形象

我心里至今深深烙印着歌德晚年与艾克曼的一段对话。当艾克曼提起20多年前即1806年拿破仑军队在耶那大败普鲁士军队，侵占不少德国领土（法军甚至冲进歌德家里，若没有他的妻子的竭力保护，歌德的生命都很危险）。艾克曼说当时"人们都责怪您，说您当时没有拿起武器，至少没有以诗人身份去参加斗争"。歌德不以为然地回答说："我心里没有仇恨，怎么能拿起武器？""对我来说，只有文明和野蛮之分才重要，法国人在世界上是最有文化教养的，我自己的文化教养大半要归功于法国人，对这样一个民族我怎么恨得起来呢！"看完这段话，我好像立刻看到一道人类良知的闪光划过长空，一个大写的世界公民站在我眼前。他教导我，文明水平才是衡量民族间利害的重要尺度。

歌德倾毕生之力创作的两部鸿篇巨著，即历 60 年创作的《浮士德》和历 33 年完成的长篇小说《威廉·迈斯特》上下部，可以充分说明他的远见卓识和文明高度。关于浮士德这个形象，纵向上他不是根据历史上有过的人物原型写的；横向上他自己说过，他写的不是哪个民族或国家的人，他写的是总体的人，是全人（All-Mensch），是人类的化身。这样的人显然如浮士德，没有民族和国别的身份，只知一心进取，以改造世界为己任，类似我国《易经》里写的那种"自强不息"的"天行健"之君子。这样的人的精神人格必然是丰富和复杂的，他集中了人类常见的各种品质：善良与邪恶、高贵与卑贱、崇高与渺小；他身上集中着积极与消极、前进与后退两股力量，而以积极和前进为主导。我们同行中有人指出过：《浮士德》是歌德的"精神自传"。我同意这个看法。稍加细心就不难看出，歌德自己就是作为艺术形象的浮士德的原型。在一定程度上也可以说，歌德是为塑造浮士德这一形象而活着的。事实上，他毕生都在追求一种包含多种文化成分和信仰的精神人格，直到 1831 年 3 月他在给一位朋友的信中谈到：经过一生的寻找和选择，现在，在他的老年，他终于发现"一种教派，即三教合一派。这种教派介于异教徒、犹太人和基督徒的信仰之间，即是对于凡是认识到的一切最美好、最完美的事物，他们都珍惜、赞美和崇敬，而这些事物只要和神性紧密地联系在一起，就要信奉。于是，对我来说，由黑暗时代里骤然射出了令人愉悦的光芒，因为我感到，我毕生奋斗的目标正是把自己造就成三教合一论的信徒"。这段话极其真实而生动地说出了歌德对自己的精神人格的多样性和丰富性是进行了自觉的追求的。但歌德会活成什么样，他自己也很难把握，因为在相当程度上他还要受时代、受客观环境的制约。所以接着上面那段话后面，他又说："做到这一步真真是费尽了心力，因为一个人如果囿于自我的小天地，怎能达到认识最卓越事物的境界呢？"这就是为什么《浮士德》从作者的青年时代起即与作者相伴而行，不到作者生命的最后时刻，它不封顶。因此我们也可以说：歌德在塑造着他的主人公的同时，也塑造着自己。当然在古典作家笔下，也可以说在现实主义作家笔下，作品中的形象总会比现实中的人物"更高、更理想"。所以歌德要用"Dichtung und Wahrheit"——"虚虚实实"来作为他的自传的题目。

歌德唯物主义哲学的一个重要观点，是强调行（Tat）的重要性。在《浮士德》开头，浮士德对《圣经》里那句"太初有道"中的希腊文 Logos 怎么译成德文，他在言（Wort）与行（Tat）、行与意（Sinn）之间自我争辩了许久，最后才确定为"行"。这个"行"字是贯穿《浮士德》全书的主导精神。歌德的这一思想在我看来非常伟大，它与马克思主义的一个重要思想是相通的，即重要的问题不在于认识世界，而在于改造世界。要改造世界，你就得有权力。有了权力，你才能呼风唤雨，移山造海；你才能开矿山，建剧院，就像歌德后来所做的那样。这是我理解歌德为什么正当创作旺盛之时，愿意接受刚接位的青年公爵卡尔·奥古斯特的邀请去宫廷做官的主要依据。我不知道恩格斯在批评歌德"有时极为渺小"的时候，是否把歌德重视行的这一精神导向考虑了进去没有。歌德的践行说与马克思主义的实践论的暗合，是帮助我们理解歌德思想的前瞻性和世界性的一把钥匙。

歌德所塑造的全人是指人的精神人格的全面性与复杂性，而不是指道德上高大全的完人。笔者在学习历史中得到一个顿悟，即历史是在痛苦中前进的，因此历史是不承认道德的。浮士德在前进过程中也带来不少破坏和牺牲，但没有人会认为浮士德是罪犯。西方现代主义思潮兴起以后，无论现代哲学、现代心理学还是现代文学、现代美学都证明：浮士德这一形象是真实的，是符合人性的复杂性本质的。事实上人人身上都有梅菲斯特（《浮士德》中的魔鬼名缩写），只是没有一定的诱因它显露不出来罢了。鲁迅就坦言：他身上有鬼气。卡夫卡在给他的第一个女友的一封信里说得更明白："希望自己有一只强有力的手"，"能够切实深入"他"自身错综复杂的结构中去"，一窥他的内部"那么多模糊不清的东西纵横交错"。在西方现代文学中，对歌德这一美学思想体悟得最真切，并在自己创作中运用得最成功的是布莱希特，他的《四川好人》以极为生动有趣的情节，非常令人信服地揭示了人是一个善恶并存的双面体。哪一面会占上风，主要取决于外在的诱因。早在两千多年前在古希腊德尔斐神庙上，就刻下苏格拉底的这一名言：认识你自己。但人类认识自己的道路是非常艰难而漫长的，刚才说到历史是在痛苦中前进的。为什么痛苦？就是因为有魔鬼不停地捣乱嘛！而这魔鬼并不抽象，它就是我们今天的中国人几乎每天都在谈论的权、钱、色也。所以歌德的浮士德这一形象既揭示了人作为个体的人性复杂性与矛盾性的本质，又揭示了人类在历史运动中精神发展的辩证逻辑。这标志着人类在自我认识道路上的一个重大发现，是对创作美学的重要贡献；既有当代价值，又有世界性的普遍意义。

歌德的另一力作《威廉·迈斯特》上下部，堪称《浮士德》的姐妹篇，尤其是第二部《威廉·迈斯特的漫游时代》。与全人的形象相映照，作者在这部书里塑造的是一批世界公民的形象。世界公民可以说是近代以来欧洲先进思想家们共同的人格理想。不仅歌德，他的同时代人康德也提出过，20世纪的英国哲学家罗素也加以提倡。歌德则更以形象化的手法将这种在当时现实中还不存在的人格模型进行演化。在《威廉·迈斯特的漫游时代》这部巨著里，一批不恋故土的移民，坚信"只要充满智慧的力量，到处都会找到家"。他们组成"移民联盟"，远赴美国，开拓事业。他们在异国他乡，并非一盘散沙，相反，他们很强调团体的重要性，要求互相支持与关心，遵守团体的纪律。这个联盟的首领莱纳多以身作则，在各方面做出了表率。这批世界公民的所作所为，令人想起不少社会主义者在20世纪尝试过的许多事情。《威廉·迈斯特的漫游时代》另一点值得注意的是，歌德凭着他的丰富的人生阅历，在书里注入了许多哲学思考。除了集中披露大量格言以外，尤其通过人物活动强调两极对立思维。这在巴洛克盛行的17世纪，人们甚至把两极对立看作宇宙的根本法则，并把它变成美学信条。但歌德并不一味强调对立，他同时也主张相互平衡。在第九章孟坦对威廉说："思与行，行与思，这是一切智慧的总和……通过思来检验行，通过行来检验思，这是人类智慧的守护神悄悄地告诉每一个新生儿的道理。谁要把这个道理当作规律来遵循，谁就不会迷路，即使迷了路也会很快回到正道。"歌德在这里所强调的思与行的辩证关系，又使我们立即想起20世纪许多社会主义者竭力教导我们的理论必须联系实践的那番道理。于是我们不能不感到惊奇：歌德的世界眼光仿佛具有一种跨时空的穿透力，即使跨越一个多世纪，依然使我们感到新鲜，仿佛他就在我们身边一起行走似的。因此我们完全有理由设想：这位强调行的大智者若是晚生一个世纪，他会说些什么，做些什么。

　　到这里我们也才明白：这位才华过人的天才诗人歌德，他的大量作品多数一问世即引起热烈反响，唯独《威廉·迈斯特的漫游时代》这部巨著诞生后长期不被看好。原来在欧洲古典主义占统治地位的年代，从来崇尚古典而不认可主义的歌德并没有按照古典主义那些僵化的美学教条行事，其遭遇可想而知。这里歌德似乎步了他所崇尚的莎士比亚的后尘。莎氏当年也没有按照文艺复兴时期人们关于悲剧、喜剧的严格规定去写作，他偏偏在悲剧里加入喜剧的因素，在喜剧里加入悲剧的因素；此外他的华丽辞藻也违背古典主义规定的典雅、隽永的原则。这种无法无天当时在正统者看来简直是狂夫野汉。直到一个多世纪以后巴洛克美学风尚兴起之时，九泉之下的莎翁被其引为同宗，从此这位巨人才开始在欧洲文学史上大放光芒。《威廉·迈斯特的漫游时代》也是被冷落了一个多世纪，直到第二次世界大战以后，当人们发现奥地利另一位堪与卡夫卡比肩的小说巨匠 R. 穆齐尔的巨著《没有个性的人》的价值时，发现《威廉·迈斯特的漫游时代》在写法上与其有着惊人的相似之处。于是人们甚至认为，歌德的这部小说堪称是 20 世纪现代先锋小说的前导。

寻求人类情感交流的共同渠道

　　歌德的世界眼光还在于他的胸怀博大，包容心强，而且并不随着年岁的老去而衰退，相反他老而弥坚，越老思想越清晰。浪漫主义兴起时，他已步入老境。照理这一思潮与他的古典风格是抵触的。但除了德国浪漫派他不怎么看好外，对西欧的浪漫主义他是欢迎的，特别是对拜伦赞美有加。正是在他的老年阶段，他一方面通过小说如《威廉·迈斯特的漫游时代》把目光投向美洲（因为那里已经有一个大国发表了《人权宣言》，使他看到了人类前途的曙光），另一方面他通过阅读把目光投向东方，除中国文学外，他还读了大量印度、波斯、阿拉伯等国家和地区的作品，并因而对这些国家产生好感，使他分别写了大量诗歌，分别集成《西东合集》和《中德四季晨昏杂咏》14首。值得注意的是，他在接触两种不同文学和文化的时候，他首先注意的是二者之间的同，从而产生亲近感，而不像我们这里许多人首先发现二者之间的异，从而产生隔阂心理。例如歌德读了中国的一些通俗小说如《好逑传》《玉娇梨》《百美图咏》和《花笺记》等书后，就发现"中国人在思想、行为和情感方面几乎和我们一样，使我们很快就感觉到他们是我们的同类人"。他甚至认为东方文化和西方文化是一对孪生兄弟。必须提及，当时歌德发表这样的观点是很不容易的。凡知道一点世界近代史知识的人都知道：欧洲人对中国人经历了从17世纪末到18世纪中期这一百来年的单恋以后，随着资本主义对外扩张的需要，从18世纪70年代起，思潮急剧逆转：由歌颂中国转为诋毁中国。连歌德的同时代人黑格尔都说了我们不少坏话。这种情况歌德显然是知道的，甚至也受到感染。他的上述言论分明是感到意外，因而为我们辩护。而歌德是从人性的角度出发发现双方的共同点的，充分反映了歌德宽广的人类胸怀。

还是在这样的晚年岁月里，在世界大视野的思维链条中，歌德提出了世界文学的预见和憧憬。他说："我相信，一种世界文学正在形成，所有的民族都对此表示欢迎，并且都迈出了可喜的步子。"他还说："现在，民族文学已经不是十分重要，世界文学的时代已经开始，每个个人都必须为加快这一时代的速度而努力。"这是歌德不仅超越民族，而且超越欧洲疆界，突破欧洲文化中心论的振聋发聩之言。不难看出，歌德这里指的不仅仅是文学，而是展望一种适合于全人式的世界公民成长和生存的世界愿景。须知这番话离鸦片战争只有十几年。当时以英国为首的西方列强正磨刀霍霍，以炮舰开路，向世界各地掠夺殖民地或商品推销市场。歌德的这番话代表人类的良知，构成西方殖民主义交响曲中的一个强有力的不谐和音。无独有偶，歌德的亲密盟友席勒创作的那首高唱"四海之内皆兄弟"的《欢乐颂》，经过德国另一位伟大男子贝多芬的加盟并谱曲，成为一首响彻全球的世界和平进行曲，她与歌德的世界文学的伟大构想有着异曲同工之妙，在各地魔鬼肆意破坏和平或蠢蠢欲动的今天，她们是代表人类良知、抗衡魔鬼肆虐的和平最强音。在世界随着信息时代的到来而突然变成地球村的今天，人类一下子看到自己共同的命运：要么立即起来共同拯救自己，要么一起毁灭。因而呼唤人类良知，呼唤村民意识的呼声日益强烈。在这样的时代境遇下，我们加强对歌德的学习与研究，进而把歌德的博大胸怀和世界眼光变成地球村的主导精神是非常必要和紧迫的。

歌德、席勒的当代意义

歌德和席勒大小相差十岁，都成长在国家不统一、民族精神文化不独立的年代。重振民族精神、提升德意志文学和文化品位的宏伟抱负使他们走到一起，并结成战友般的同盟。他们的崇高理想和切实而成功的追求，对于我们今天具有重要的借鉴意义。

歌德、席勒对人的憧憬和追求

我们常说"存在决定意识"。一点不错，歌德、席勒对于人的重视是由现实引起的。德国差不多从 13 世纪起，她所归属的所谓"神圣罗马帝国"就名存实亡了，全国四分五裂，最多分裂成 314 个小公国，加上战乱频仍，民不聊生。老百姓变得眼界狭小，精神衰颓，小市民习气弥漫。恩格斯对此有过尖锐的描述："一切都很糟糕，不满情绪笼罩了全国。没有教育，没有影响群众意识的工具，没有出版自由，没有社会舆论……一个卑鄙的、奴颜婢膝的、可怜的商人习气渗透了全体人民。一切都烂透了，动摇了，眼看就要坍塌了，简直没有一线好转的希望，因为这个民族连清除已经死亡了的制度的腐烂尸骸的力量都没有。"这种现象对于敏感的诗人的印象无疑是深刻的，必然引起他们的认真思考。

其次是国际现实的刺激，这就是法国大革命无休止的暴力的刺激。一方面，统治者的堕落与压迫导致了群众的反抗，而群众的反抗则一味寻求不可遏止的情感的宣泄，这种不可控制的情感是属于兽性的东西。歌德直到晚年还对艾克曼说："我憎恨那些暴力颠覆的人，同样我也憎恨那些招致暴力颠覆的人。"

双重的使命感（重振德国文学雄风，重塑德国国民的精神素质）使两位巨人互相结盟，把文学的目标转向古代（Antik），把教育的手段诉诸美学。

早在1786和1787年，他俩分别在《伊菲杰尼在陶里斯》和《唐·卡洛斯》中对未来人的模样和未来艺术的模样这两个情结就已经有了雏形。此后歌德经历了意大利旅行，席勒经过了几年的书斋生活，彼此把早年那颗狂躁的心都已经收了回来。早年的反抗都在破，现在应该是立的时候了。人和艺术这两种模样均需要有一个典范，一个参照。为此他们既不学法国，也不学英国，而是把目光转向了欧洲文学艺术的源头——古代希腊、罗马。

古希腊的哲学、诗歌、戏剧、叙事文学乃至政治，都达到当时人类的高峰。那是欧洲文学艺术的源头。它以静态哲学为前提，表现"高贵的单纯，静穆的伟大"（温克尔曼语），强调理性、庄重、谐调、高雅、对称等等。

歌德本质上是个浪漫的诗人，但他伸缩有度，经常强调节制、断念、舍弃，认为"在限制中才显出自由"。这符合古希腊精神。

席勒在诗歌中对人发出这样的赞颂："人啊，只有你才拥有艺术。"（长诗《艺术家们》）席勒对古典美这样赞颂："你伟大，因为你温柔敦厚。"（同上）

歌德说：我写的人从来都不是哪个民族或哪个国家的人，而是纯粹的人，是全人（All-Mensch）。他一生中都在通过自己的生存实践来实现这一目标，同时也通过文学创作来表达这一理想。他一生中的两部重头作品即长篇小说《威廉·迈斯特的学习年代》《威廉·迈斯特的漫游年代》和诗剧《浮士德》第一、二部。前者开创了所谓教育小说范例。它的主人公不断地在扩张与收缩之间寻求平衡。《浮士德》浪漫色彩重一些，尤其是第二部。每个人身上都有正、负或者善、恶两个因素在起作用，也就是浮士德说的："我身上好像有两个灵魂，一个把我拉向前进，一个把我拉向后退。"这拉向后退的灵魂就是人的天生惰性以及外在的各种障碍和诱惑。这个消极的灵魂作者用了个魔鬼把它形象化。但这消极的力量在破坏捣乱的过程中所起的实际作用却往往不是消极的，而是积极的，这就是事物发展的辩证法。因此魔鬼最后表面上攫到了浮士德的灵魂，但它却成全了浮士德的全面发展。浮士德这个人物也象征了整个上升时期资产阶级的发展过程。我本人至少受到这样几点启示：首先是"太初有为"的命题；其次是人类的追求是永远不会满足的；再次是人类或社会的发展总是在善与恶、积极与消极两种对立因素中进行的；最后，人的精神发展必须有丰富的生命体验。

席勒在后期作品中对人的古典精神的塑造也作了可贵的努力并取得可观的成就，在德国文学史上产生深远的影响。

世界眼光和对世界公民的追求

歌德和席勒的不寻常之处还表现在他们具有远大的眼光和博大的胸怀，以至生活在一个鄙陋的国度，却能摆脱这种局限，把目光投向世界，站在时代制高点观察问题，超越时空界限，向往世界文学的贯通，追求世界公民的理念，拥抱全人类。席勒那首《欢乐颂》完全表达了"四海之内皆兄弟"的思想，可以说是一首光辉的世界和平进行曲，经过贝多芬的谱曲如今已响彻全世界。歌德早年对中国印象并不好。但他晚年广泛阅读了亚洲、非洲一些文明古国如阿拉伯、波斯、印度、中国的文学作品以后，完全改变了这种偏见，认为"中国人在思想情感方面与我们是一样的"。他除了写出《西东合集》240首诗以外，还专门写了《中德四季晨昏杂咏》14首。而且他在东西文化的对比中首先强调同的方面，不像我们一见差异就强调碰撞。他晚年写出的《威廉·迈斯特的漫游年代》的主人公与第一部大相径庭，他领着一拨人到美洲去开发，是当世界公民去的。实际上，歌德追求的正是一种由多种文化成分综合成的精神结构。1831 年 3 月 22 日歌德在写给友人的一封长信中有这么一段话："……从《创世记》开始，我始终未能找到一个令我心悦诚服的信仰。而现在，在我的老年，我却了解到一种教派。这种教派介于异教徒、犹太人和基督徒的信仰之间，即凡是能够认识到的一切最美好、最完美的事物，他们都珍惜、赞美和崇敬，而这些事物只要与神性联系在一起，就要信奉。于是，对我来说，由黑暗时代骤然射出了令人愉快的光芒，因为我感到，我毕生奋斗的目标正是把自己造就成三教合一论的信徒。做到这一步真真是费尽了心力，因为一个人如果囿于自我的小天地，怎能达到认识最卓越事物的境界呢？"联系他对《浮士德》的创作断断续续达 60 年之久的过程，尤其是他将浮士德作为全人塑造得非同寻常的创意，更使我们对他这一自白深信不疑并惊叹有加。因此，有人说："在国家和文艺方面几乎没有一个人注意到歌德对我们的'人的尊严'、'个性自由发展'、'个人自由'这样一些概念作过强大的基础性的贡献。"（K.芒森）

席勒的美育思想及其现实针对性

席勒根据上述国民精神素质的现状，主张通过审美教育和道德驯化的途径加以改造。他的最著名的美学著作、书信体的

《审美教育书简》（包括 27 封信），就是针对这一目的而写的。他主张通过感性冲动和形式冲动的结合，实现游戏冲动的目的。他说："当我们怀着情欲去拥抱一个理应被鄙视的人时，我们就会痛苦地感到自然的强制；当我们敌视一个我们不得不尊敬的人时，我们又会痛苦地感到理性的强制。但是一个人既能吸引我们的欲念，又能博得我们的尊敬，情感的压力和理性的压力便同时消失，我们开始爱他。这就是让欲念和尊敬同时一起游戏。"这叫游戏冲动。"说到底，只有当人是完全意义上的人时，他才游戏；只有当人游戏时，他才完全是人。"多么精辟的阐述！

但美是溶解性的，一个人光懂得美，他容易懈怠，以至堕落。因此，美必须与崇高相联系，才能达到美育价值。为此，他举了这么一个经典性的例子：《荷马史诗》中奥德修斯在一个海岛上与女神卡莉普奈相遇，他惊艳并沉湎于她的美色，被她挽留了七年之久，真个是"英雄难过美人关"啊。但一旦象征他导师形象的门托尔浮现在脑海时，他立刻回忆起他的伟大使命，毅然走上归途。这又使我们联想到 1786 年的歌德：经过十年繁忙的政务和浮嚣的宫廷生活之后，他深感创作活力的衰颓和灵感的寡临，这有负于他对艺术（那时他仍一心想成为画家）和文学的伟大抱负。于是他决心不惜得罪赏识并尊重他的君主奥古斯特大公和与之写过 1600 多封信的红颜知己施泰因夫人，背着他们擅自前往艺术之乡意大利，一待就是 21 个月！回来后虽然大公没有责怪他，但是施泰因夫人从此与他疏远了！而这一后果歌德事先分明是预料到的。这一事例充分说明歌德把崇高放在了美的前面。不然就不会有今天的歌德了！这就是为什么歌德笔下经常出现诸如"节制""断念"等字眼的原因。

歌德、席勒的时代性与前瞻性

从中外文学艺术史上看，一般人在其功成名就，获得成功之后，其大脑仿佛被固有的审美形态所饱和，对于新的审美信息再也吸收不了，甚至产生排他性。但歌德、席勒两位巨人却是例外。他们的创作思维始终保持着鲜活状态。他们虽然以希腊、罗马的古代文艺为榜样，却并不把它当主义来膜拜，故他也始终排斥法国的古典主义，认为那是创作的桎梏。歌德晚年，欧洲的浪漫主义思潮正盛。歌德非但没有感到陌生甚至抵触，相反，他感到欣喜，尤其对英国的浪漫主义代表拜伦赞美有加。不仅如此，歌德还在他的创作中对浪漫主义的创作方法加以吸收。不妨对比一下《浮士德》的第一、二部，后者浪漫主义的成分显著增加。虽然在艾克曼记录的《歌德谈话录》中可以找到歌德对德国浪漫派的某些非议，但在歌德自己的作品中找不到这类字眼。席勒在浪漫主义尚未成气候的时候，就觉察到一种有别于模仿论的新的美学思潮在形成，写出了不朽的美学杰作《素朴的诗与感伤的诗》（"诗"Dichtung 这里应译为"文学创作"），在现代主义出现以前最早廓清了现实主义与浪漫主义这两种不同创作方法的界限，被 20 世纪的托马斯·曼誉为"德国文论的顶峰"。

歌德和席勒的美学思想，特别是席勒主张通过美育提高国民素质的教育理念很快越出国界，在我国也引起很大反响。早在 20 世纪头 30 年，像王国维、蔡元培这些学界巨头都十分推崇席勒，作为杰出教育家的北大校长蔡元培更把席勒的美育理念融入他的教育方针。经过"文革"的教训之后，改革开放以来席勒的美学理论又一次引起我国学界和教育界的共鸣。从中学到大学普遍开设或增设了素质教育包括美育课程。2005 年，值席勒逝世 200 周年之际，除了大型纪念性活动以外，至少有五个单位分别或联合举办了席勒美学理论研讨会。可见其影响之深远。

西方后现代思潮兴起以后，席勒的美育思想依然是后现代语境里的一个热门话题。后现代的权威学者哈贝马斯曾这样评价席勒的美育著作："这些书简成了现代性的审美批判的第一部纲领性文献。席勒用康德哲学的概念来分析自身内部已经发生分裂的现代性，并设计了一套审美乌托邦，赋予艺术一种全面的社会革命作用。"（《论席勒的审美教育书简》）

歌德和席勒这两位世界性的文化巨人，由于他们能从人类的最高利益出发，观察和思考世界和未来，故他们的思想和理论能穿越空间和时间的隧道，对于我们今天仍然具有丰富和深刻的启示价值。

卡夫卡：犹太民族之骄子

——《卡夫卡短篇小说经典》译本序

犹太民族人数固然不多，却是世界上最优秀的民族之一。正宗犹太血统的马克思、爱因斯坦、弗洛伊德、海涅，以及20世纪以来的一大批犹太家庭出身的诺贝尔奖获得者，都是人类精英的灿烂群星，这里所收集的短篇小说的作者卡夫卡也是这个星群中耀眼的一颗。

就像古今许多杰出人物都要经历种种磨难一样，这个创造了辉煌的希伯来文化的民族千百年来所经历的苦难也是数不清的，不仅遭受过希特勒这样恶怪的令人发指的屠杀，而且至今仍然遭受着国际上邪恶势力的围剿。她在卡夫卡的笔下始终是"被人拖着、拽着"的形象。

一个失去尊严的民族倘若寄居于一个有尊严的国度，那也许还可以获得某种平衡。可卡夫卡的家庭所在的波希米亚王国自19世纪60年代以来就被具有侵略、扩展野心的奥地利帝国所吞并，成为奥匈帝国的一部分。而这个帝国用恩格斯的话说是用大棒维持其统治的，"始终是德意志的一个最反动、最厌恶现代潮流的邦"。它的生产方式的现代性与政治统治的专制构成这个国家的畸形特征。

然而屈辱和义愤是跟智能与诗情相联系的。这个长期"没有祖国"的民族基因和备受压抑的生存环境赋予卡夫卡以"第三只眼睛"和"洞察圣灵的能力",使他看到现代人类社会面临的种种危机,特别是那日盛一日的异化现象。在这现象里面他切实感受到的是连在自己家里都不例外的陌生感,无处不在的孤独感,毫无来由的恐惧感。于是,对于他,写作首先不是为了审美的需要,而是生存体验的表达,是生命燃烧的过程,是一种生存方式。这使他不知不觉地与存在哲学结上了缘,以至与存在哲学的鼻祖克尔恺郭尔不谋而合地发生"有如朋友"般的共鸣。

卡夫卡虽然喜爱文学,酷爱写作,但他始终没有放弃职业,因为他从来没有想过要当作家,并通过作家的荣誉获得什么升迁。他之所以执着于写作,完全是出于"内在的需要",用他自己的话说,就是他"内心有个庞大的世界",不通过写作的渠道把它引发出来,它就要撕裂了!因此,他不是先学好了什么写作理论或写作技巧才开始写作,而是忠实记录他对存在的真切体验。显然,按照传统的文学观念,它是不合乎文学规范的,是属于非文学范畴的。难怪,在他进入文学经典以后,人们在回顾他的道路时,说他是"从文学外走来的"。因此,卡夫卡很清楚,他的这种"旁门左道"是不可能得到文学界的承认的,作家的桂冠跟他是无缘的。然而,这个德意志文化培育出的犹太人,其内心有一种"不可摧毁的东西"。他坚信自己的文学天赋、表达能力和写作方式，利用一切可以利用的业余时间，尽可能排除亲朋好友的干扰，不顾健康的威胁，甚至最后放弃了成婚的愿望，坚持在孤寂的环境中进行写作，即使在当时的不治之症——肺结核——的步步进逼之下，也不后退半步。虽然死神至少夺走了他30年的寿命（他死于1924年，41岁），但"从文学外"稳步地走到了文学内，带着崭新的真实观，让人们豁然开朗："原来小说也可以这样写。"（余华语）他留下的文学遗产，不仅"改变了德意志语言"（汉斯·马耶尔语），也改变了世界文学的固有观念，一路领着20世纪的风骚，至今方兴未艾。

卡夫卡从年轻时期起，对文学就提出了自己的主张，要求文学具有一种振聋发聩的震撼作用，让人读了仿佛额头上"被击了一猛掌"。这就对传统真实观提出了挑战。但他并不因此抛弃日常事物，他只是通过独特的视角，掀去被习俗眼光遮蔽的覆盖层，发现日常事物内部的真实本质。人与人之间的亲亲热热本来是常见的现象，卡夫卡则用一个假定性的手法，将其置于一个特定的境遇里，来拷问他们之间关系的真实性。结果这种关系不是亲热，而是陌生，著名的《变形记》就是这样产生的。出于同样目的，卡夫卡也经常利用梦的题材。梦境事件不合逻辑，互不关联；场景或画面变幻莫测，这些容易破坏理性秩序和逻辑链条，从而阻止人们按习惯方法观察事物，迫使你变换角度去思考问题。卡夫卡也往往用动物做题材。因为在他看来，随着人类文明的演进，人类自身本真的东西丢失得越来越多，而这些东西在动物（主要是哺乳动物）身上却依然存在着。因此用动物作为人的代言者，更能表达事物的本质。因此他的《地洞》《一条狗的研究》（一译《懂音乐的狗》）等篇幅不短的小说让我们一读再读，思考不尽。卡夫卡的新视角多半源自他的悖谬思维，逻辑的自相矛盾或互相抵消是这种思维的特点。存在即虚无、努力即徒劳是他经常思考的核心。这方面的内容多见之于他的随笔和日记，但小说也不鲜见，如《中国长城建造时》《在法的门前》等。

任何时代都有这样两类人：一类是跟着时代走的，这是绝大多数；一类是以自己的实践改变时代的，卡夫卡就属于后者。前面说过，卡夫卡不是掌握了现成的理论才开始写作的，而是写出他的"不规范"的作品后而导致其改变时代的。这就是说，他的作品不仅改变了现代人的话语方式，而且改变了现代人的书写艺术。在艺术上，卡夫卡的最大特点是它的荒诞性。荒诞只是表象，是伪装，它包藏的是事物的真实内核。而因为荒诞，就引起你的好奇，因好奇又迫使你去思考，总想揭去这层伪装。这时"功夫不负有心人"，果然被你发现了"荒里藏真"，一种你未曾想到的真实。卡夫卡的这一特点甚至引起不少马克思主义文论家的注意。如法国的罗歇·加洛蒂就从卡夫卡的这一现象中得到启悟，发现现实主义未必跟写实主义美学相联系，因而提出，在形式和风格上，现实主义是无边的。卢卡契甚至认为，卡夫卡属于"更高的现实主义家族哩"。这位权威的马克思主义理论家经常批判现代主义文学，但在卡夫卡那里他不得不手下留情，而且认为："卡夫卡独一无二的艺术基础……是他描写客观世界和描写人物对这一客观世界的反应时所表现出来的既是暗示的，又有一种能引起愤怒的明了性。"不难理解，为什么前奥共文论家费歇尔认为，他从卡夫卡的作品中感受到一种"刻骨铭心的真实"。

这种深层的愤怒情绪卡夫卡有时是通过譬喻或象征的手段使其明了的，同时又用幽默的色彩将它装饰起来，让它获得一种"患上了痛苦的欢乐"，一种"黑色幽默"的悲喜剧情趣。这是一门"含泪的笑"的艺术，它在卡夫卡那里的独特性是悖谬的逻辑游戏。悖谬，前面已提及，它是卡夫卡的思维方式。这原来是一个哲学概念，不少现代主义作家，尤其是有存在主义哲学背景的作家如克尔恺郭尔、穆齐尔、加缪、海勒、昆德拉等人，也把它当作美学手段。卡夫卡更是如此。你看，在"法的门前"等了一辈子的那个乡下人，快到老死的时候，门警却对他说："这门是专门为你而开的"——这能不叫人愤怒吗？因此加缪认为，要读懂卡夫卡，就得清理一下他的悖谬艺术。

卡夫卡艺术表现上的再一个突出的手段是怪诞。怪诞不同于荒诞。荒诞是绝对没有的事情，而怪诞则是一件事物的模样变形。它可以表现于主题的构思、情节的设置、形象的刻画、画面的夸张、字句的构造等。卡夫卡在创作上追求一种石破天惊的艺术效应，把怪诞当作"冰封心海中的一把破冰斧"，故他的叙事作品往往采用这一手法，而且几乎上述各种情形都涉及。如《变形记》《在流刑营》《乡村医生》《绿龙的造访》《一个上了年岁的单身汉》《歌女约瑟芬或鼠众》等等，其中有的取得了极其成功的效果。难怪有的美学家如桑塔耶那认为，怪诞乃是一种"重新创造"。

卡夫卡生前还写有大量速记式的超短篇故事，或曰"小小说"，见之于他的所谓"八本八开本笔记簿"里。它们以生动、幽默的笔调记录一个简短的故事，读来饶有兴味，被称为"逸事风格"。它在德国文学史上有过闪亮的一页，其主要代表者为19世纪上半叶的克莱斯特和赫贝尔。

卡夫卡创作的旺盛期（1912—1922）正值德、奥表现主义运动的高潮时期（1910—1920）。他的创作特征无疑与表现主义的美学思潮分不开，如对梦的热衷，对怪诞的偏好等。但他的创作的美学容量比表现主义要宽宏得多，有不少超越这一具体时代的东西，所以后来的超现实主义、荒诞派戏剧、新小说派和黑色幽默小说等，都向他攀亲结缘。因此可以说，卡夫卡不是属于哪个流派的，他是属于世纪的，属于时代的。

在时代思潮中应运而生

——《卡夫卡读本》序

　　20世纪是一个惊天动地的世纪，是一个大动荡、大破坏的世纪，也是一个大变革、大创造的世纪，无论政治与社会，还是科学与技术，抑或文化与艺术，无不如此。就以西方文学而论，这一个世纪就划了两个时代：现代和后现代，围绕它们涌现了比历史上任何历史时代都要多的流派，也产生了一大批相应的大师级作家，他们以崭新的面孔迥异于以往的同行，并以经典地位载入史册。为本书冠名的弗兰茨·卡夫卡就是其中具有代表性的一位，享有"现代文学之父"的美誉。

　　卡夫卡（Franz Kafka，1883—1924）生长在捷克首都布拉格，但他属于奥地利作家，因为19世纪60年代至第一次世界大战结束（1918年）这段时间，捷克归入由奥地利主宰的、包括匈牙利在内的奥匈帝国的版图，故这一时期布拉格有相当多的人能操德语，并有一座德语大学，卡夫卡就是在德语大学学成并取得法学博士学位的。因此他接受的是德意志文化，一生都用德语写作。

卡夫卡离开校门后，经过一年的实习就于 1908 年起供职于劳工工伤保险公司，直到 1922 年病退。而在办公室"恪尽职守"的卡夫卡只能利用业余时间进行写作，所以卡夫卡始终是一位业余作家。然而，就是这样一位靠剥夺睡眠时间换取创作可能的业余作家，后来成了他那个时代顶尖级的大家。这不能不说是个奇迹。但奇迹还表现在奥地利这个现在的人口只有 700 万的小国，在 20 世纪产生了差不多足够一打的世界级的文学大家，这个数目不仅超过了德意志文化的中心——德国，而且超过了同时代的世界上任何国家！应该说，首先是奥匈帝国的政治与社会的现实，决定了这一现象的产生。同时，当时欧洲的艺术文化思潮也对这一现象起了催化作用。

卡夫卡创作的旺盛时期（1912—1922），正值以德国为中心的欧洲表现主义运动方兴未艾之时（1910—1924）。德国（准确地说德语国家，包括奥地利和瑞士德语区）的表现主义运动既是一次思想反抗运动，也是美学变革运动，对 20 世纪的德语文学乃至欧洲文学产生深远影响。就美学变革而言，这场运动深刻地经历了反传统的过程。它剧烈地颠覆了在欧洲长期居主导地位的模仿论美学，而代之以表现论美学，即把艺术创作习惯于对客观世界的描摹，转向对主观世界的表现；从强调外部的真实，转向内在的真实。这股向内转思潮对卡夫卡的创作起了决定性作用。从他对这场运动的态度说，他是积极参加了的。这场运动的一位重要作家、活动家，也是领袖人物弗兰茨·韦尔弗也生活在布拉格，卡夫卡与之保持频繁来往，两人经常讨论文学中的问题，因而成了要好的朋友。表现主义最为推崇的两位思想家尼采和弗洛伊德，也引起卡夫卡的关注，尤其是尼采的哲学和美学思想对卡夫卡起过重要影响，有人甚至把尼采看作卡夫卡的精神祖先。再从卡夫卡的创作看，也留有表现主义的许多特征。诸如表现主义所强调的内在真实，所追求的梦幻世界，所爱好的怪诞风格，所崇尚的强烈感情，所习用的酷烈画面等等，都在卡夫卡作品中烙下鲜明的印记。不了解表现主义的美学特征及其与卡夫卡创作的关系，就不可能很好理解卡夫卡的作品。

但如果在阅读卡夫卡作品的过程中过于拘泥于表现主义，那也会产生误差。正如德语现代文学另一位滥觞于表现主义的领军人物布莱希特许多地方超越了表现主义一样，卡夫卡也不是任何一个主义所概括得了的。事实上，后来的超现实主义诗歌、荒诞派戏剧和黑色幽默小说等都向它攀亲结缘，说明卡夫卡与20世纪的西方文学的关系，一如毕加索与20世纪的西方美术然。这正是卡夫卡的作品"晚熟"的原因；不是他没有赶上时代，而是时代在等待他。要探悉这一现象的奥秘，最根本的一点是看他的创作态度。他不是把文学创作看作单纯的审美游戏，而是表达自我的手段。他在日记里写道：我内心有个庞大的世界，不通过文学途径把它引发出来，我就要撕裂了。卡夫卡凭着他那圣灵般的智力，分明洞察到人类存在的危机，即那日甚一日的异化趋势，他急欲向世界敲起警钟，对人类生存状态及其合理性提出质疑。因此直到晚年他还在日记里写道：他一生中最大的愿望，就是通过文学途径"将世界重新审察一遍"。无怪乎他于1922年写的《城堡》第一稿是这样开头的：主人公急急忙忙要求旅馆里的一位侍女帮他的忙，说他有个十万火急的任务，一切无助于这一任务的想法和行为他都要加以"无情镇压"。没错，生活中他正是这样做的。你看他，"对无助于创作的一切我都感到厌恶"，甚至"一个男人生之欢乐所需要的一切"他都放弃了，包括婚姻、家庭，甚至健康。为什么后来他把这一稿作废了呢？原来他已病入膏肓，感到要完成"重新审察世界"的任务已经"来不及了"。

现代文学，尤其是与存在哲学相关的现代文学，与传统文学一个明显区别是，它不再把创作看作是纯美学的事情，而看作是一种生存方式，一种生命燃烧的过程。（为什么卡夫卡晚年要嘱告他的朋友，在他死后把他的作品统统"付之一炬"？他在乎的就是他的写作过程，而这过程他已经有过了。）因此你看卡夫卡，他在写作时完全处于身心交混的忘我状态，他的短篇小说往往是一个不眠之夜一气呵成的产物，是"一夜的魔影"。这是一种刻骨铭心的生存体验，一种从深心中发出的生命呼叫。无怪乎在卡夫卡的作品中，特别是那些有代表性的长短篇小说中，往往晃动着一个熟悉的身影，那分明是作者自己的身影。但这不是报告文学的主人公，而是艺术化了的人物形象——像他，又不像他。原来，作者把自己捣碎并融和在里面了。这就不难理解，他的作品何以有着如此入木三分的真实，一种任何写作高手凭经验和技巧都创作不出来的真实。这就是卡夫卡的独特性，这就是出身于表现主义而又胜于表现主义的卡夫卡。

卡夫卡诚然不是哲学家，也没有用任何理论语言阐述过他的哲学观点。但卡夫卡无疑是一个富有哲学头脑并紧张地进行哲学思考的文学家。他用艺术语言所暗示的人类存在的焦虑及有关的一些根本问题，与哲学家们，尤其是存在哲学家们通过理论语言所阐明的观点可以说是殊途同归的。这也就是说，他把哲学引进了文学，并使二者成功地融合为一。这就是为什么在他之前，存在哲学的创始人克尔恺郭尔和稍后的尼采引起他那么大的震动；在他之后，他在另一拨哲学家如萨特、加缪等人那里那么受青睐。所不同的是：所提及的这些哲学大师几乎都可以说是哲学家兼文学家，但我们不能说卡夫卡是文学家兼哲学家。因为前者是有意识地让哲学去"勾引"文学，使文学成为哲学的嫁娘和附庸，而后者则是将哲学提炼为文学的精髓，使之成为文学血族里的精神支撑，因而使文学更强壮、更尊严；同时，他把哲学变成了美学，使文学哲学融于一体，难分彼此，不仅受到文学家的推崇，也受到哲学家的敬重。这是卡夫卡取得成功的重要标志。

任何时代的美学变革首先是由那个时代新的精神、新的生存方式和新的文化理念引起的，20世纪的美学变革也不例外，在这一问题上文艺依然遵循着"内容决定形式"的总规律。卡夫卡对存在所独有的那种体验，那种异化感和荒诞感，蒙在现实表面的那层厚厚的覆盖层，使语言失去了其固有的传统功能，而产生失语症。因为在他看来，那种照相式的写实"不过是铁制的窗板"，阻断人们去洞察那藏在表面底下的真实。而他要求于创作的是"传达一种不可言传的东西"，是放纵地"同魔鬼拥抱"的行为，是挖掘那种"即使在光天化日之下你也看不到的东西"……为此他必须寻找新的表现方法。于是，用影射和暗示的象征、譬喻的手法；引起联想和比附的梦幻手法；用以揭示假里藏真的荒诞手法；让人惊异、发人省醒的怪诞手法；制造亦真亦假，似假还真的悖谬手法；令人含泪而笑的"黑色幽默"手法等等，都纷纷到卡夫卡那里去报到了。无怪乎，德国著名文学批评家兼文学史家汉斯·马耶尔说：卡夫卡在"从文学外走到文学内"的过程中，他"改变了德意志语言"。这就是说，卡夫卡成功地抛弃了德意志语言的习惯用法，而建立了崭新的审美概念，从而使德意志语言改了向，转了型。因此，卡夫卡对文学观念和形式的变革是划时代的。

历史上任何一次大的艺术革新，最初都只有少数先驱者为其献身。当他们刚刚捕捉到属于时代的审美先兆的时候，就义无反顾地进行实践和试验。从常规看，这种努力成功的概率很小，而失败的可能很大。正如美国美学家桑塔耶那说的："1000个创新里头999个都是平庸的制作，只有一个是天才的产物。"一个艺术革新者为探索所需要的勇气和付出的代价，往往不亚于一个科学探索者。即便是那极个别的成功者，也未必马上就能获得鲜花和荣誉的报偿，以至像莎士比亚这样的世界文学史上的"千年一帝"，由于他不顾当时流行的关于悲剧和喜剧的艺术教条，不但生前得不到桂冠，死后还被冷落了一个多世纪。至于像莫里哀这样的艺术教条的异端，若不是国王怜惜他的过人才华，恐怕连性命都难保。直到 20 世纪，乔伊斯还曾为他的《尤利西斯》吃过官司。可见，美的探悉者也像真的追求者一样，在一种时代的审美信息普遍觉醒之前，他注定要经历一段寂寞或孤独时期，甚至遭受残酷的迫害。卡夫卡生前发表的那四本薄薄的小册子，已经包括了他几乎所有的代表性短篇作品。但直至他死后多少年，世界始终报之以沉默。然而，他为此付出的代价是惊人的：几乎所有的业余时间和大量的睡眠时间；被剥夺的几十年宝贵寿命（刚过不惑就离开人世了）；他始终憧憬的婚姻和家庭——这一切都因为写作而被他自己"无情镇压"了。很清楚：他为了灵（艺术）的至圣至美，付出了肉（生命）的彻底牺牲。因此我认为，像卡夫卡这样的时代先驱不仅是一位艺术的探险者，而且是一位艺术的殉难者。卡夫卡在他生命的最后岁月刻画的两位动人的艺术家形象，即《饥饿艺术家》和《女歌手约瑟芬，或鼠众》中的主人公，就是艺术殉难者的自画像，也可以说是作者的自我写照。

　　卡夫卡作品中涉及的一个重要的哲学命题即"异化"（Die Entfremdung），这个概念首先出现在 19 世纪一些大哲学家的笔下：黑格尔、费尔巴哈、马克思等。马克思在批判地消化了前两位哲人的观点以后，沿着资本对劳动的剥削的思路对这一概念作过如下的概括："物对人的统治，死的劳动对活的劳动的统治，产品对生产者的统治。"[1] 显然，新的哲学概念的这些创始人已经注意到社会化的机器生产的出现给人的生存造成的威胁：他们由对生产过程的支配地位变成了被支配地位。现代主义哲学思潮兴起以后，异化概念的内涵大为伸延，仿佛人类文明创造的一切努力都在向自身利益和愿望的反面转化，从而导致人的生存陷入更为全面、深刻的危机和困境。

这一哲学思潮反映在文学中呈现出各种面貌，概括起来看，表现在人与客观世界的关系中，要么人不接受世界，要么世界不接受人；表现在人的自身矛盾中，是人的自我失落与迷惘。卡夫卡在理论上对异化没有发表过什么看法，偶尔使用"异化"这个词时，也不作异化而作疏远解。然而卡夫卡的作品作为一种精神现象，它所显现的世界，正是哲学家们想阐述的异化世界：作品中人的那种陌生感、孤独感、恐惧感、放逐感、罪恶感、压抑感；客观世界的那种障碍重重的粘兹性，那种无处不在的威权的可怖性，那种作弄人的生命的法的滑稽性，那种屠害同类的手段的凶残性……正是哲学家们想要描绘而不能的令人沮丧的世界。无怪乎卡夫卡的作品首先在两位著名的存在主义哲学家——萨特和加缪——那里引起强烈的共鸣，以致卡夫卡的名字在萨特笔下成为被提得最多的作家之一。

1　马克思《资本论》第六章初稿，转引自《新德意志报》文化周刊《星期日》1963年第 31 期。

卡夫卡创作风格的一个最大特点是荒诞感，这又是跟当代的存在哲学相联系的。按照存在哲学的观点，存在本身就是荒诞的。如上所说，有异化感的人不接受这个世界，当然世界也不承认他。难怪卡夫卡的一位女友曾说，卡夫卡对周围的一切常常表现出惊讶的神情，就像一个赤身裸体的人处在衣冠楚楚的人群中那样尴尬。他的这一生存体验使他自然而然地把荒诞这一哲学概念变成美学。所以，他的作品中往往出现一种似有若无、似实还虚、似是而非、若即若离的幻境。你看他的长篇小说《城堡》中的那座城堡，它分明坐落在眼前的那座小丘上，然而主人公想要走近它，却折腾一生也徒劳！难怪他在笔记中这样慨叹："目标虽有，道路却无；我们谓之路者，乃彷徨也。"卡夫卡的这一创作特点在尔后的法国荒诞派戏剧那里得到发扬和提升，达到荒诞艺术的极致。荒诞作为一种艺术表现手段亦在20世纪下半叶以来的各类文艺创作中被广泛使用。

在阅读卡夫卡作品的时候，有一个关键词必须注意，即"悖谬"（paradox）。这是卡夫卡的思维特点，也是他的重要艺术秘诀之一。悖谬，一个事物逻辑上的自相矛盾与互相抵消。这本来是一个哲学概念（哲学中一般叫悖论），它贯串在卡夫卡的思想、生活与行为之中。同时，他也把它变成美学，体现在他的创作之中。他分明说，他生就的只有弱点，以至任何障碍都能把他摧毁（很像是），但他在别的场合却又说，他内心中有一种坚不可摧的东西（确实是）；他那么渴望婚姻与家庭，三次订了婚，却又三次解了约；他视写作为生命，最后又要将他的全部著作付之一炬；他一生中都与父亲不和，在那封有名的《致父亲》的长信中谴责父亲"专制有如暴君"，最后却又对父亲表示同情，以至连那封信都没有交出去……他似乎总是不停地在建构，又不断地在解构——他到底是谁？

当悖谬变成美学的时候，在他的创作中构成一种黑色幽默式的悲喜剧情趣，读后让人感到一种"引起愤怒的明了性"（卢卡契语）。《城堡》的主人公一心想进城堡，不过想开一张临时居住证，奋斗一生而不得，临死的时候，却又同意给他了。再看《法的门前》那位乡下人，苦等一生也不让进，到快死的时候，又说这大门就是为他而开的。在《饥饿艺术家》中，主人公——一个以饥饿为表演手段的艺术家对艺术的无限追求与他有限的物质生命互相发生矛盾，于是在他的艺术达到最高境界之日，却是他的肉体生命彻底毁灭之时。这是灵与肉在悖谬中互相抵消。在同一小说末尾，一个瘦骨嶙峋的生命在马戏团的铁笼子里消失了，但一个强有力的生命、"每个牙齿都充满了力"的年轻小豹正在发出猛烈的嗥叫。这是生命形态的互换。在《变形记》的结尾也有这么一景：变成甲虫的儿子以消瘦不堪的空洞躯壳在父母眼皮底下消失了，但在紧接着的郊游中，父母很快就欣喜地看到，女儿正以一个体态丰满的姑娘焕发着青春活力……在当代外国作家中，有相当多的人从卡夫卡的悖谬艺术中受到启示，在各自的创作中取得巨大成功，如美国的约瑟夫·海勒等黑色幽默小说家，瑞士剧作家迪伦马特，苏联的小说家阿赫马特夫和戏剧家万比洛夫，以及卡夫卡的同乡和崇拜者昆德拉等都是。

　　卡夫卡是以创作态度严肃著称的。除了小说，他的书信、日记、随笔、杂感、箴言等都写得极为认真，它们不仅具有很高的文学、文献和美学价值，而且具有很高的思想价值，构成卡夫卡创作的重要有机部分。其中书信占了卡夫卡全集的五分之二，而那些情感充沛、文采斐然的情书又占了全部书信的三分之二。所以书信成了本书三个板块中的重要一块。但愿读者朋友们能从卡夫卡的作品中吸取思想和艺术的有益养料，充实和丰富自己的文学知识，激发创作热情，提高艺术水平。

存在哲学的文学表达
——《卡夫卡全集校勘本》中译本总序

  弗兰茨·卡夫卡（Franz Kafka，1883—1924）的名字自第二次世界大战后开始轰动世界，20世纪70年代末以来亦广为我国读者所知。他是20世纪西方现代主义文学运动中涌现的最具影响力的文豪，与爱尔兰的乔伊斯、法国的普鲁斯特、英国的伍尔夫和美国的福克纳等代表了现代主义在小说创作领域的最高成就，而风格殊异。

  卡夫卡属于犹太民族，生长在捷克首都布拉格。由于布拉格当年属于奥匈帝国（1867—1918）的版图，一部分人，包括卡夫卡的家庭在内，接受的是日耳曼文字和文化，故卡夫卡与同时代的同乡诗人里尔克一样，均属于奥地利作家。

  奥匈帝国解体后的奥地利在地理上诚然是个小国（仅720万人口），但在20世纪的世界文学乃至艺术版图上却是个大国。在现代主义的文学星空中，除了小说家卡夫卡和诗人里尔克，还有几乎与卡夫卡旗鼓相当的小说家罗伯特·穆齐尔以及小说家古斯塔夫·梅林克、赫尔曼·布洛赫、约瑟夫·罗特、弗兰茨·韦尔弗（兼德奥表现主义运动领袖）、阿瑟·施尼茨勒（兼戏剧家）、卡奈蒂（后加入英国籍，诺奖得主）；诗人胡果·封·霍夫曼斯塔尔、保尔·策兰和英革伯格·巴赫曼，以及三位所谓后现代的双栖作家托马斯·伯恩哈特、彼德·汉特克和新近的诺奖得主艾尔弗里德·耶利内克；此外西格弗里德·弗洛伊德和古斯塔夫·荣格堪称他们的精神领袖。这样一个强大的现代主义作家阵容，可以说20世纪以来的任何文学大国都是不能望其项背的。还需要指出的是，这时期的奥地利现代主义文学，除了维也纳，布拉格是它的另一个中心。因此布拉格在现代日耳曼文学史中成了"布拉格现象"。这是一个值得研究的现象。无怪乎德国的卡夫卡研究中心——武珀尔大学专门为此成立了一个研究所。

作为欧洲现代主义思潮中的一个重要现象，要认清卡夫卡，除了必须对当时欧洲的状况，特别是奥匈帝国的现实有所熟悉以外，还必须对这一思潮的某种哲学语境有所了解。20世纪的现代主义思潮是欧洲人文精神发展的结果，也是欧洲专制王朝普遍解体后人类在这个地域的一次思想大解放，涌现了各种社会思潮和哲学流派。它们剧烈地颠覆了传统的价值法则和话语方式，用德国著名文学史家和文学批评家汉·马耶尔的话说：卡夫卡"改变了德意志语言"。这里的语言当然不是属于语言学概念，而是指思维方式，一种观察事物的角度。总的看来，卡夫卡的思维方式跟一个新的现代哲学流派即存在主义有关。这个哲学流派自19世纪中叶丹麦哲学家克尔凯郭尔创始起至20世纪中期法国哲学家萨特的崛起，形成一股相当大的思潮，并深深浸润了文学，主要是非社会主义文学。存在主义对世界有一种陌生感或荒诞感，从而形成一种异化意识，认为人类社会正在不以人的意志为转移地朝着与人的自由本性相反的方向离异或发展，因而那依赖种种文明条规维系的此在生存是粘兹的，是令人恶心的，因而构成对人的生存的一种威胁。所以存在主义笔下的人要么他不接受世界，要么世界不接受他。存在主义文学很关注人在特定境遇下的生存境况，注重那种刻骨铭心的生存体验，这赋予文学以更具人学的本质。卡夫卡本人没有谈论过存在主义或异化理论，甚至在他的所有文字中唯一出现过的"异化"（Endfremdung）这个词在具体场合下也不当异化解。但他第一次读到克尔凯郭尔的著作时就引起强烈的共鸣，称"像朋友般交谈"。卡夫卡的写作不是单纯的审美需要，而是一种真实的生命体验，一种对现实梦魇经历的独特的内心感受。他笔下的人物与其环境极不协调。二者之间往往是野兔与猎狗的关系：一种强大威权威慑下的走投无路的灵魂磨难；是脉脉温情掩盖下的真实的冷漠；是"目标虽有，道路却无"的荒诞；是"为你而开"的"法的大门"，你却等到老死也进不了的悖谬；是你自以为跑了多远，最后发现不过是在一个圆周上循环的徒劳……这种黑色幽默式的滑稽与荒诞，明显是对传统世界观的颠覆，而这正是存在主义文学的特征。无怪乎卡夫卡在生前发表的那些作品尽管都是杰作，却并未产生多大反响，而当以萨特为代表的"无神论存在主义"在20世纪40年代盛行以后，卡夫卡的名字很快越出德语国家的疆界，在世界传播，以至成为萨特笔下其名字出现得最多的作家。当然卡夫卡具有多重解释性，光有存在主义的观照显然是不够的。社会学、阐释学、现象学、民族学、现代心理学、接受美学等，都是重要的参照。

文艺作品内容的改变必然引起形式和风格的相应变化，这就决定了现代主义运动带有美学革命的性质。难怪有人说："卡夫卡是从文学外走来的。"（马耶尔语）就是说，他那种书写方式是不符合文学固有的创作规范的。故反传统成了现代主义文学的使命。它带着新的面孔和装束的出现，一时难免冲击人们的审美习惯，让文学内的人感到陌生，不予承认。因此在新的时代审美信息在读者中普遍觉醒之前，这些时代文学的先驱者们注定要经历一段孤独时期。因此卡夫卡的创作旺盛期（1912—1922）虽然处于德、奥表现主义运动的高潮时期（1910—1920），但卡夫卡并没有成为这个运动的中坚人物，甚至也没有引起同仁们的普遍注意，虽然卡夫卡还与这个运动的一个领袖人物即弗兰茨·韦尔弗来往相当密切。奥秘在哪里呢？只要将19世纪末至20世纪60年代先后涌现的现代乃至后现代的一些主要流派考察一下就不难发现，表现主义概括不了卡夫卡的所有特征，事实上他除了跟表现主义，还跟象征主义、超现实主义、存在主义、荒诞派、黑色幽默甚至拉美的魔幻现实主义等流派都有不同程度的亲缘关系。可以说在所有现代主义代表性作家中找不出第二个具有他这样的美学多样性与丰富性。因此卡夫卡不只是属于某一个流派的，他是属于 20 世纪的，是属于整个现代主义运动的，因而是当之无愧的"现代文学之父"。

欧洲文学艺术之源可以追溯到古希腊，从那时以来就存在着两条泾渭分明的审美流向：一条是重客观的模仿论美学，一条是重主观的表现论美学。前者以 2400 多年前的古希腊大哲学家亚里士多德为代表，受到历代官方的认可，故直到 19 世纪在欧洲一直占统治地位；后者以 2400 多年前的古希腊另一位大哲学家柏拉图为代表，它在历史上一直处于非官方、非主流的被压抑地位。这两条美学流向在德国文学理论家奥伊巴哈那里分别被称为"荷马方式"和"圣经方式"。"圣经方式"在 20 世纪以反叛的姿态的勃然兴起，并且成为时代的主潮，首先是欧洲人的审美意识不断变迁的结果，同时也是欧洲的王权统治的普遍解体在文学艺术上的直接反映。这是一个真正的艺术自由的时代。卡夫卡现象的出现，正是这一时代潮流的必然。

卡夫卡的作品大致分为三类：想象型、思考型和抒情型。想象型指的是创作。这方面的主要成就无疑是小说——长、短篇小说，这是他的文学事业的核心，约占全集三分之一的篇幅。短篇中有一种篇幅极小的类型，我们称之为"逸事"，类似我们这里现在流行的"小小说"或"微型小说"，其最短的篇幅只有 61 个字。这种"逸事"可是卡夫卡的天才见证之一。方家们公认其堪与德国文学史上两大逸事高手——克莱斯特和赫贝尔[1]媲美。思考型的著作包括箴言、杂感、随笔和日记。卡夫卡的日记亦别具特点，即它不是日常生活的流水账，而是对日常见闻或所接触事物的思考。上述雅诺施的《卡夫卡谈话录》也属于这一类的篇什，但因原文校勘本没有收入，我们的译本也没有收。抒情型主要指他的大多数书信。他的书信的篇幅超过了小说，约占全集五分之二的分量，其中约三分之二都是写给他的前后两位情人即菲利斯和密伦娜的情书。值得一提的是，卡夫卡是个思想家型的作家，哲学思考渗透着他的各种类型的书写。可以说，思想是他的这部全集的灵魂。这使他的著作不仅具有重要的文学价值，而且具有深邃的人文和文献价值。卡夫卡的文学事业的这一特点，纵向上与日耳曼文学的精髓一脉相承，横向上亦与现代主义的精神完全相通。

严格说来，卡夫卡不过是个业余作家，他的全部文学业绩都是八小时以外的得获。同时他又是一个早夭的作家，在他仅有的41个春秋中，从接受缪斯造访的那年，即写出成名作的1912年算起，可用来创作的岁月不过12年。而在这样严酷的境遇中，命运又派出那个不治之症的邪恶的病魔去折磨了他七年。就在这样恶劣的条件下，他以"一个男子生之欢乐"的代价换来了人类

---

1 赫贝尔（Johan Peter Hebel，1760—1826），生于瑞士的德国幽默小说家，善于用方言创作逸闻、趣事的小故事，对卡夫卡有影响。《莱茵区家庭之友小宝盒》为其代表作。

的精神瑰宝。但这也许原本就是上苍的设计，让他前进的每一步都变成惊心动魄的生命冲刺。

今天我们能读到卡夫卡的作品，除了首先应该感谢并怀念作者本人以外，显然还必须感谢那些卡夫卡生前和身后帮助和成全过他、使他的这些珍贵稿件得以保存和问世的人们。首先我们不能忘记的无疑是卡夫卡的那位终身挚友马克斯·勃罗德了。这位犹太同胞和大学同窗慧眼识珠，在卡夫卡本人还羞于发表自己作品的时候，就动员、说服甚至"强求硬讨"使作者一篇篇拿出稿子去发表。尤其在卡夫卡死后，他断然否定了作者晚年的毁稿之嘱，不惜耗费自己大量的时间和精力，把卡夫卡留下的大量散乱的遗稿一一整理出版。须知他自己也是个大忙人啊（他是作家兼艺术批评家，而且在当时比卡夫卡还著名）。这让我们想到了清代何瓦琴的那句名言："人生得一知己足矣。"我们还应该感谢那两位先后与卡夫卡恋爱过的女性。一位是菲利斯·鲍威尔，卡夫卡五年内与她先后订了两次婚，两次都解除。卡夫卡曾自责是他给这位姑娘带来了不幸。但菲利斯依然珍惜这段不寻常的感情，一一保存了五年来卡夫卡写给她的517封信件，虽然她并不爱好文学。另一位是密伦娜·耶申斯卡，两人有过半年的热恋，失败后也完好地保留了卡夫卡写给她的不下18万字的大量信件。尤其是在纳粹把她投入集中营并把她杀害之前，她想方设法托友人及时转移了这些信件，这就是广受读者喜爱的《卡夫卡致密伦娜情书》。这两位女性不仅让我们看到了人性，还让我们看到了崇高。

　　卡夫卡生前我国读者对其尚一无所知。在其去世那一年我国媒体开始出现对其简短的报道。他的几部长篇小说出版后不久的1930年初，当时已知名的赵景深先生在《小说月报》上用了五六百个字介绍了他。此后近20年亦可在国内报刊上零星地见到他的名字。但在1956年前，西方现代主义文学在整个社会主义阵营是被视为颓废派而加以禁止的。但1957年，趁着解冻的微风，来自卡夫卡故乡的捷克权威文学批评家保尔·雷曼首先从社会学角度肯定卡夫卡的正面价值。两年后苏联文学界也跟着对卡夫卡解冻。1964年扎东斯基院士甚至写了三万余字的长文对卡夫卡做了"一分为二"的分析。然而这时候的中国"反修"正甚嚣尘上，像卡夫卡这类比"资产阶级文学"还要坏的所谓"现代派文学"，更被视为"帝国主义颓废派"而成了"反帝反修"的重要对象，由作家出版社奉命作为"反面教材"出版一个系列的代表作供"内部参考"，于是《〈审判〉及其他》一书才以异端身份与中国"内部"读者见面。卡夫卡在中国开始以正面形象出现，那是20世纪70年代末我国宣布"改革开放"以后的事了，此后卡夫卡在中国受到的礼遇，相信读者们已相当熟知，此不赘述。

　　卡夫卡逝世以后，人们就开始为一部理想的《卡夫卡全集》相继努力。首先迈步的自然是他的金兰之友马克斯·勃罗德了，他于1925年至1927年相继整理出版了卡夫卡的三部长篇小说以后，继续收集、整理卡夫卡的其他作品，并与海因茨·波里策合作，于 1936 年出版了首部《卡夫卡文集》六卷本。身为犹太人，逃离法西斯专政的流亡年代，他仍不懈致力于卡夫卡著作的编纂，于 40 年代末至 50 年代前期出版了 9 部卡夫卡著作的单行本（其中一部委托他人所编）。笔者在 20 世纪 90 年代中期与河北教育出版社合作出版的《卡夫卡全集》十卷本（后压缩为九卷）就是以法兰克福费歇尔简装书出版社出版的勃罗德这一套书为蓝本加上雅诺施的《卡夫卡谈话录》编纂而成的。

自 20 世纪 60 年代中期起，包括勃罗德在内的卡夫卡研究界就准备出版一部最完整的、权威性的《卡夫卡全集》，即后来的校勘本（Kritische Ausgabe）。随着 1968 年勃罗德的去世，卡夫卡的手稿除小部分控制在勃罗德夫人手里外，大部分由卡夫卡的一位侄女（妹妹的女儿）带到英国，由牛津大学收藏。后德国的四位卡夫卡研究专家、教授即格哈尔特·诺伊曼（Gehart Neumann）、尤尔根·波尔恩（Juergen Born）、约斯特·施勒迈特（Jost Schillemeit）、沃尔夫·吉特勒（Wolf Kittler）联合英国的麦考尔姆·帕斯莱（Malcolm Pasley）教授决定利用卡夫卡的原始材料，重新校核卡夫卡的所有作品，由拥有卡夫卡版权特许权（固有版权在美国纽约的薛肯出版社）的法兰克福费歇尔出版社负责出版。工作室设在以 J. 波尔恩为首任所长的武帕尔大学布拉格文学研究所卡夫卡研究室，该室的卡夫卡专家汉斯—盖尔德·考赫先生做了大量的具体校勘工作。1982 年《城堡》首先出版。

此后，长短篇小说、日记、随笔、箴言等一共编纂了 12 个不太厚的单行本。1994 年 7 月 3 日为卡夫卡逝世 70 周年，正值作者版权法定到期日（德国的作家版权法定为 70 年）。翌日，费歇尔出版社立即将事先准备好的 12 卷卡夫卡著作校勘稿付梓，于同年 11 月正式出版。但书信部分暂付缺如。书信拟出五卷，校勘、编辑的进度十分缓慢。笔者曾于 2002 年、2005 年先后两次亲自去该研究、编辑室访问，第二次去时他们才出版了前三卷。慢的原因主要有三：一是新发现的书信数量较多，而书信的字迹一般都比较潦草，辨疑难度较大；二是时过境迁，许多涉及的人和事已不易查考，有关人物也几乎都不在世，查证有一定困难；三是德国人做事严格、认真，一丝不苟：每一封信都有一个文件夹。不过，作为权威性的最后定稿本，这样严肃的态度是必需的。当时仅在的唯一编辑桑德尔博士表示：2007 年有望全部完成。但2006 年突然接桑德尔女士来信，称书信编纂工程尚未最后完成，而她已经离开卡夫卡编辑室了。直至去年即 2011 年笔者去德国，第四、五卷依然未见出版 [1]。何时完成，尚难肯定。

　　校勘本弥补了勃罗德编纂的流行版本中某些内容上的遗漏甚或有意删略的地方（如一些跟性有关的场合）；某些语法现象的误改，比如标点符号，卡夫卡常常为了一气呵成，一整页逗号到底，而勃罗德却往往主观地从语法规范出发用句号将其断开；爱好朗诵的卡夫卡经常从朗诵的效果出发有意带点布拉格的地方

1　现第四卷已出版。——笔者

口音，却被勃罗德改成标准德语；有的地方还有时态被误改的冤案，等等。诸如此类的地方，经过这次校勘都还其本来面目。

《卡夫卡全集》校勘本分为两种版式，一种是简装式的，叫"阅读本"，供一般读者阅读；一种是豪华装帧，叫"考异本"（Apparatausgabe），主要供研究使用。现在我国上海三联书店根据笔者建议出版的中译本是德文12卷的"阅读本"。由于译文比原文篇幅少许多，故合成7卷出版。卡夫卡写作时常常不用单页的稿纸，而是不管什么体裁和题材统统写在一个笔记本上。他的遗稿中有一套所谓"八本八开本笔记"，其中既有短篇小说，又有随笔、杂感、箴言、逸事、笔记等。原编者为了保持这些笔记本的原貌，没有将不同体裁的作品分开，合成4个单行本。我国出版社为了读者阅读方便，要求笔者将它们区分开来，合成小说与杂文两大类分两集出版。这是一件相当繁杂和困难的工作，可能吃力不讨好，尚祈读者原谅。由于书信原文尚未出完，这套全集我们采取陆续出版的方式，先出作品集（七卷，包括日记），后出书信集（五卷，前三卷已译完），直到原文书信集出完为止。

参加本全集翻译的多数是笔者信得过的资深翻译家，其余的也是态度严肃的翻译新秀。诚然十全十美的译文是没有的。因此我们诚恳地欢迎读者对译文提出中肯的批评。

写下的吻

——《卡夫卡致密伦娜》再版序言

不要以为，卡夫卡工作认真，在办公室的八小时"恪尽职守"；八小时以外又呕心沥血埋头写作，甚至不惜牺牲睡眠，于是就以为他大概没有兴趣和精力贡献于情事了吧？非也。逻辑思维在这里不管用。不错，卡夫卡确实因紧张写作而导致咯血——当年的不治之症，及至英年早逝，且在短短的 16 年时间里（而且其中近 7 年都是在病魔的折磨下度过的）留下 342 万字（汉语译文）的作品。但尽管如此，他始终是个多情的种子。年轻时他住在四层楼的家里，就常与楼下街对面的一个女子眉来眼去；1912 年夏去德国旅游，很快和一家酒店的老板女儿打得火热；同年 8 月他经朋友马克斯·勃罗德的介绍认识柏林姑娘菲利斯·鲍威尔，并很快与之订婚。不久双方发生矛盾，女方托她的女友格蕾特·布洛赫居中调解。第二年格蕾特产下一子，后来格蕾特坚称，此儿系卡夫卡所生（可惜此孩 7 岁即夭折了）。1913 年秋他在意大利位于加达尔湖畔里瓦市的一家疗养院逗留了三周，在这里他爱上了一位 18 岁的瑞士姑娘，并在日记里称："尝到了与一位被爱女子的关系的甜蜜。"而在此之前，他已经在一个叫楚克曼特尔的地方爱过一个女孩了。昆德拉甚至还从卡夫卡日记中挖出据称被勃罗德删掉的句子："我在妓院门口走过就像在一个心爱的女子家的门口走过。"……从认识菲利斯起的12年内，卡夫卡先后与4位女性产生了热烈的爱情，其中与两位（菲利斯·鲍威尔和尤莉叶·沃吕采克）订了三次婚，与一位（多拉·狄曼特）同居半年多。唯一没有订婚也没有同居——至少没有正式同居——的是本书主人公密伦娜·耶申斯卡。但唯独这位女性，卡夫卡倾注的情感最热烈，也最真挚。

就像俗话中的"英雄爱美人"那样，爱女人亦是作家的天性，这是公开的秘密。但这里我们感兴趣的倒不是卡夫卡多么爱女人，或他有多大的艳福，而是女人，或者说爱情在卡夫卡的创作中，乃至在推动卡夫卡登上现代文学创作顶峰的过程中起着不可低估的作用。君不见，卡夫卡的创作旺盛期是1912至1923这12年，正是上述四位女性一个一个接力赛似的陪伴着他，用她们的青春热情不断激荡着他的生命活力，频频刺激他的创作灵感。难怪不少研究者都提及：没有菲利斯就不一定会有《在流刑营》（一译《在流放地》）这一不朽杰作的问世；没有沃吕采克就不会有《致父亲》这一惊聋发聩的"醒世名言"的产生；尤其是没有密伦娜，则卡夫卡的最伟大代表作《城堡》就不会如此丰富和辉煌；没有多拉，就没有卡夫卡告别人世时的幸福安魂曲。你看，她们不是贤内助却胜似贤内助。

在与这四位女性的长期周旋中，就恋情的烈度而言，当推密伦娜了。这是不难理解的：四人中以年龄论，虽然密伦娜第二大——25岁，但这对38岁的卡夫卡来说，算是相当年轻了！而密伦娜的优势即文化水平和思想境界则是其他几位无法比拟的：她当时是布拉格一家最大报纸的记者，且已是小有名气的作家。此外性格开朗、热情大方，且富有正义感和现代气息，而且相貌亦堪称俊俏。不过这一切也许还不是最主要的，最主要的是在卡夫卡的重要性还没有得到普遍承认、正觉得知音难觅的时候，她就已经看到了卡夫卡作品的价值，主动写信向卡夫卡提出，要将他的德文小说《司炉》译成捷克文。这一信息马上将两位异性作家的灵犀点通了，在双方丰富的情感中埋下了爱的幼苗。这是1919年初秋的事。不久，同年10月，他们就在布拉格的一家咖啡馆初次见面了。从此，日益频繁的书信往来很快变成鸿雁传书，一位世界顶级天才作家的情感库藏和智慧能量爆发出绚丽的焰火，它照耀着从捷克波希米亚至维也纳的道路，让这一对恋人实现第一次为期一周的相聚（6月29日—7月4日）。双方激越的情感经过拥抱和热吻获得开闸似的宣泄，但是否有床笫之欢，就不得而知了！因为这毕竟是在密伦娜家里，而密伦娜是有夫之妇啊！这就是为什么这趟充满诱惑的维也纳之旅，卡夫卡却显得那么犹犹豫豫，怀着那么多的恐惧。正像他在一封致密伦娜的信里所表达的："写下的吻到达不了应到达的对方而在半路上就被幽灵吸吮得一干二净。"原来这位在艺术观上如此现代的作家，伦理道德上却并未跟上。难怪他在一封信里甚至这样形容：见到她丈夫，自己就像一只耗子匆匆从堂前溜过去。这和当年歌德被他的红颜知己施泰因夫人邀入她的宫里居住就不可同日而语了：歌德的官位和声望比宫里的伯爵大人大得多呢。

不过，如果说维也纳之行留下什么遗憾，那么一个半月后，即8月14至15日两人在奥地利与捷克边境的小镇格蒙德的再聚当能得到弥补了，因为这是真正的私密式幽会。然而令人蹊跷的是：两人在这里只度过了一个夜晚。这一晚，依笔者之见，与其视之为两人爱情发展到顶点的里程碑，毋宁说是他们的良缘美梦走向坟墓的开始。不信，你稍加细读就不难发现，卡夫卡情感的烈度自此开始降温了。四个月之后，即1921年1月，感情降到冰点：双方都宣布从此不再写信和见面。两个敏感的灵魂经过长达一年、高潮半年的深度交融和波涌，终未能凝结成一个晶莹剔透的整体而重新散开、远去……

这一结局当然是读者所不愿看到的。卡夫卡给出的理由是：他发现密伦娜对其丈夫并没有恩断义绝。这似乎构不成理由：对于像密伦娜这样思想开放的现代女性，难道也要达到仇人相见的地步才敢移情别恋？再说，爱情是最自私、最盲目的：它是不认理性的。在琢磨这个问题的时候，除了联系卡夫卡那特有的悖谬思维和行为方式，笔者也常常想到密伦娜的一位女友的女儿斯塔萨·施来希曼的一句话："研究卡夫卡的权威们为什么不来研究这封信呢？然而就在这封信中，密伦娜向他们解释了自己究竟为什么离开了卡夫卡。"所谓"这封信"指的是密伦娜致卡夫卡的挚友勃罗德的一封信，在那封信里密伦娜向她所信赖的勃罗德说了心里话："我怀着一种迫不及待的强烈愿望……即希望过一种有一个孩子的世俗生活。"这里道出了卡夫卡方面可能的两个原因：一、卡夫卡不想要孩子；二、卡夫卡不能生孩子。后者是生理上的，也包括两种可能：他不能育子，或他存在性障碍。此外还有一种可能：卡夫卡对性行为的一种奇怪看法，即视之为污秽不堪，甚至咒之为黑色魔法。故在《城堡》中他让成排的妓女一个个走进马厩去过夜；在《乡村医生》中那位色迷迷走向医生侍女意欲调戏的马夫是从猪圈里出来的……以上诸种原因很难断定哪一种，但总的轮廓是清楚的：一个倾向于理想，一个向往于世俗。这既可通过卡夫卡的有关言论加以佐证，也可通过密伦娜后来的行为加以证实。卡夫卡在日记中不止一处有过自我争辩：他向往爱情、婚姻和一个有妻室的家庭，但这样却又会使自己陷入小世界，这岂不影响他的事业的完成。那么他的事业是什么呢——通过写作"把世界重新审察一遍"。

卡夫卡有一条箴言：人的内心中是不可能没有一颗坚不可摧的内核而生存的。"重新审察世界"可以说是他的坚不可摧的目标。所以在与密伦娜恋爱期间写的《城堡》第一稿的开头是这样写的：主人公"我"（不是 K.）急急忙忙地恳求酒店侍女帮他的忙：他有一个十万火急的任务，一切无助于这一任务完成的事情她都要帮助他"加以无情的镇压"。显然，生儿育女是与他的这一使命相抵触的。密伦娜没过多久就与她的第一任丈夫离婚了，后来又嫁了两次，生育了孩子。

在这篇短序里用了这些篇幅来解释卡夫卡与密伦娜恋爱的结局我想已经够了。其实我们更关注的当是他们恋爱的过程。人们常说：过程是最美丽的。确实，正是这一过程让我们看到了一位离我们不远的伟大作家那震撼人心的情感波涛，并为我们留下那大量的定格在纸上的焰火般的文字。它们不仅带给我们美好的文学欣赏价值和书信美学价值，而且让我们获得了重要的史料价值。就前者而言，它使我们惊异的是，一个先前已经先后与两位女子谈了多年恋爱，而且写了800多页情书的中年男子，在他接触第三位女子的时候，竟能掀起比以前更强烈、更壮观的感情风暴，写下更美丽、更动人的文字，而且是在病入膏肓的情况下，说明这位蕴有"坚不可摧的内核"的奇人——哦，一个犹太人的内在生命力多么强大。

许多读者阅读卡夫卡的作品时可能都有这样的感觉：很难看出他的社会思想和政治倾向。但从他对密伦娜的爱可以使这个问题明朗起来。须知密伦娜不仅是个小有才华的青年记者和作家，而且是个思想激进的共产党人。她向往苏联，热情传播共产主义，甚至与捷克著名革命家尤·伏契克有来往。虽然后来由于斯大林1937年的大清洗，使她失望，因而退出了党（可以理解），但仍积极宣传激进思想，因而被法西斯政权投入监狱，并死于狱中。卡夫卡对这样一个危险分子爱得如此死去活来，没有一定的共同思想基础可能吗？难怪卡夫卡的一位共产党员朋友、诗人鲁道夫·福克斯曾大声疾呼提醒大家："可不要忘了：卡夫卡是有强烈的社会主义倾向的啊！"这一历史事实有助于我们理解：在20世纪二三十年代，为什么共产主义思潮席卷了全世界大半个知识界，而且包括了相当多的第一流精英人物如布莱希特、贝歇尔、阿拉贡、聂鲁达、马雅可夫斯基、毕加索、达利、鲁迅等等。有些人从现在的眼光出发，在评价这些人物时予以扣分，这就对历史不够尊重了。

阅读卡夫卡致密伦娜的这许多依然滚热的情书时，我们不由地对这些信件的接受者即密伦娜产生由衷的敬意：她在双方断绝来往以后，特别是在法西斯的追捕下仍然想方设法保存着这些珍贵的资料，依然看重它们的无上价值。这是一位多么有见识、有良知、有风格的高尚女性。无独有偶，还有此前那位柏林姑娘菲利斯，她的文化水平和思想见解虽然不如密伦娜，而且卡夫卡自己也承认：是他伤害了她。但她亦看到了这位天才的价值而不计个人恩怨，妥善地、完整地保存了卡夫卡五年内写给她的全部517封信件（加上明信片和电报则达625封）。仅仅这一点就足以说明，卡夫卡爱这两个人爱对了。她们的崇高风范为后人留下了宝贵经验或遗产。我们崇敬卡夫卡，同时也尊敬这两位欧洲女性，她们将与卡夫卡一样不朽！

人生是一场无穷的诉讼
——《诉讼》译序

　　卡夫卡在短促的写作生涯中一共写了三部长篇小说：《失踪者》（又译《美国》《不明身份的人》，1912)、《诉讼》（一译《审判》，1912—1918)、《城堡》(1922)。正好在十年内写成。这十年也恰好是卡夫卡文学创作的旺盛期。但卡夫卡创作的主要兴趣和精力显然表现在短篇小说方面。晚年他在嘱咐他的朋友勃罗德在他死后将他的所有作品"统统付之一炬"时，至少还提到六篇短篇小说，对它们不无留恋。但长篇小说他却只字未提。当然不是因为这些作品不值一提，而是卡夫卡对待创作那种宗教般的严格，总认为自己的作品艺术上没有达到"最高境界"。

　　三部长篇中，唯独《诉讼》的写作过程最长，前后达四年。这是耐人寻味的。因为卡夫卡的写作速度一般不算慢，《城堡》的篇幅比《诉讼》大三分之二，才花了半年。我们暂时不去追索它产生过程长的原因。首先值得我们注意的是，卡夫卡的短篇小说创作从 1912 年的成名作《判决》起即开始了"现代"的历程，而长篇小说则是严格说来从《诉讼》才开始的。要弄清卡夫卡创作上这个美学嬗变过程，需要扩大一些视野，概览一下那个时期文化艺术上的新思潮，即现代主义思潮。

弗兰茨·卡夫卡诞生于 1883 年。20 世纪欧洲的杰出文化精英们大多诞生于这个年代。文化艺术和人文领域的现代主义思潮，经过约半个世纪的孕育这时正横空出世，它迅速地刷新着人们的人文观念和审美观念，从而催生出名目繁多的流派，至 20 世纪的前 30 年为其高潮。其中声势最猛、席卷领域最广、卷入人数最多、影响最深远的当推以德、奥为中心的表现主义思潮。它始见于美术，继而是文学、戏剧、音乐、电影、舞蹈等争相涌现。文学中的表现主义运动发生于 1910—1924 年，高潮至 1920 年。其领袖人物弗兰茨·韦尔弗亦为布拉格人，与卡夫卡是同乡，那些年卡夫卡与其频繁往来，共同参加文学活动并讨论相关问题。

卡夫卡创作的旺盛时期（1912—1922），正值表现主义运动方兴未艾之时。这股向内转思潮对卡夫卡的创作起了决定性作用。从他对这场运动的态度说，他是积极参加了的。表现主义最为推崇的两位思想家尼采和弗洛伊德，也引起卡夫卡的关注，尤其是尼采的哲学和美学思想对卡夫卡起过重要影响。再从卡夫卡的创作看，也留有表现主义的许多特征。诸如表现主义所强调的内在真实，所追求的梦幻世界，所爱好的怪诞风格，所崇尚的强烈感情，所习用的酷烈画面等等，都在卡夫卡作品中烙下鲜明的印记。而这些特征在卡夫卡于 1908 年发表的处女作《观察》这本小册子里是基本上见不到的，甚至他于1912年开始创作的第一部长篇小说《失踪者》还没有完全摆脱狄更斯即批判现实主义的模式。可见这股思潮来势之猛，影响之速。我们在另一位现代文学大师、瑞典的斯特林堡那里可以看到相同情形。

在指出了卡夫卡作品的哲学前提，首先是存在哲学前提之后，现在再来看《诉讼》。如前所说，此作断断续续写了四年之久。如果写一部传统式的故事性小说，根本无须如此费时，显然，作者是为了在这部作品中融进某种哲思。什么哲思呢？这就一言难尽了。卡夫卡自己也强调：他通过创作"总是想传达一些不可言传的东西"，即他感觉或感受到而不能用理论说清楚的问题。故卡夫卡的一些主要作品，特别是长篇小说（尤其是后两部）都有多重解释性和逻辑的悖谬性。想要明晰地解释它们，几乎是不可能的。但若能抓住其存在哲学这一主题，负担就会减轻些。首先就拿本书的译名来说吧：最初有人从英文译作《审判》，从德文原文看，没有错。但德文还有"诉讼"的意思。审判是一个案件的结果，而诉讼则是案件审理的过程。这就要从卡夫卡作品的总体精神对两种词义进行权衡。由于卡夫卡的哲学基础是存在主义。从卡夫卡的各种体裁和形式的文学的内容来看，人的存在就是一个没完没了的诉讼过程。所以他的三部小说均处于未完成状态。《诉讼》的主人公虽然后来被处决了，但是它是没有经过审判程序的，而且小说也未因此而结束。

卡夫卡为了婚姻，曾经历了先后与同一位姑娘两次订婚、两次解约、长达五年的过程。这场反反复复、备尝酸甜苦辣的马拉松式的"婚礼筹备"让他尝够了人的生存体验，不啻是一个漫长的诉讼过程，难怪他把 1917 年的首次咯血归因于与菲莉斯关系的不可忍受的结果。肺病在当年是一种不治之症，咯血就意味着即将死亡。这正是生命被处决的一种内心体验。须知，卡夫卡写这部作品时，就在 1914 年与菲莉斯第一次解除婚约后不久。在此后的四年里就有三年继续着这场恼人的生存"诉讼"。

小说既然以"诉讼"或"审判"为主题，内容就不可能不涉及罪与法。法学博士出身的卡夫卡，加上爱思考的天性，他不可能不对这两个问题进行过深入的思考。当然他不会在形而上的层面与读者来谈论这些问题。我们暂且撇开基督教中的原罪说，但在西方一般的现代作家甚至包括马克思主义者布莱希特的观念里都有这样的意识：在一个有罪的社会里，人人都沾上一份罪责（在我们这里也有"人生一世，谁能无过"或"法不责众"之说），只是你平时意识不到，或未经指出，你忘到脑后了。现在，作家通过一种假定性的手法，让你经历一场突如其来的震动，在剧烈的灵魂翻腾中沉淀出你的罪过来。当然这里的罪过也包括道德范畴的事情。20 世纪 40 年代布莱希特的《四川好人》和 50 年代迪伦马特的《老妇还乡》《抛锚》等，都意在揭示这个问题。其实，早在表现主义时期就有人涉及这一问题了，所谓"有罪的无罪者"和"无罪的有罪者"之类的说法在那时就出现了。因此我认为，卡夫卡的这部作品也是这一思潮的反映。只不过它更加形而上了。年轻有为、毫无过失的银行襄理约瑟夫·K 在 30 岁生日那天早晨,接受的不是鲜花和蛋糕,而是一道逮捕令,这样的晴天霹雳他怎么肯接受!但在调查真相的过程中,他先是慷慨激昂地抗议、辩护,甚至谴责法庭的藏污纳垢、贪赃枉法。但越到后来,他越服气了,以至最后被人提出去处决时,他不但毫无抗议之意,而且还十分顺从地协助两个刽子手行刑。为什么?因为在申诉过程中,他也进行了自我反省,他渐渐发现自己在日常工作甚至在申诉过程中也常有对不起别人的地方,就是说他确实也是有罪的。于是,这里的所谓罪就有两重意思:在形而下的法庭上,即在根据现实法律行事的法庭上,约瑟夫·K 是没有罪的;但在形而上的法庭上,即绝对正义的法庭上,他又是有罪的。这一思维反映了卡夫卡的自审意识。所以有人认为,卡夫卡之所以伟大,因为他既控诉世界,也控诉自己。

在《诉讼》的第九章,有一处写到主人公 K. 在意大利一座教堂里神父对他讲的一个寓意深奥的故事:说是一位乡下人想进法的大门找法,苦等一辈子也未允许进去的故事。这可以说是《诉讼》的画龙点睛之笔,所以卡夫卡把它作为独立的短篇小说对待。从理论上讲,法代表公平和公正。在现实中,法的形式或法的大厦随处可见。然而在卡夫卡看来,真正的法是可等而不可得,可望而不可即的,事实上是根本不存在的。所以这个乡下人成了"等待戈多"式的傻汉。这是在揭示人的生存的悲剧性处境。卡夫卡对法、对真理这些概念有着宗教般的认真,他和尼采一样，认为寻求这类东西是徒劳的。因此《城堡》中的 K. 的寻求也好，《诉讼》中的约瑟夫·K 的申诉也好，无不无果而终。

在阅读卡夫卡作品的时候，有一个关键词必须注意，即悖谬（paradox）。这是卡夫卡的思维特点，也是他的重要艺术秘诀之一。《城堡》的主人公一心想进城堡，不过想开一张临时居住证，奋斗一生而不可得。当他奄奄一息，不需要它的时候，却又给他了。《法的门前》那位乡下人，到快死的时候，又说这大门就是为他而开的。

卡夫卡之所以被称为现代主义作家，正由于他与传统文学有着完全不同的写法，对同一事物的看法也带着与以往完全不同的角度。因此若用传统的人文理念和审美标准来阅读他的作品就会一无所获。他写的不是实际发生的事情，而是激起他想象的事情。他的作品不是要诉诸你的情感，而是要激发你的理智。他写的许多事情，看起来似乎荒诞，却保存着你平时不易发现的真实。这就是我们所面对的卡夫卡。

人已去，鼓在响

——小忆格拉斯

  第二次世界大战后由于德国一分为二，我们对于非社会主义的联邦德国即西德的文学所知甚少。不是不想知道，而是当时"反帝防修"的口号声甚嚣尘上，西方文学就意味着腐朽没落的颓废派，谁敢问津。直到1972年，听说西德有一位作家叫亨利希·伯尔的获得诺奖，把他的作品找来一读，写的都是普通的值得同情的小人物，与反动、腐朽、颓废之类恶名毫不相干。进而知道，一般西方作家都有独立意识，与政府保持距离，开始有一种受骗了的感觉。"文革"一结束，赶紧订购西德文学作品，这时才发现格拉斯及其名作《铁皮鼓》。一看，觉得荒诞、色情，又不敢看了。不久西德派来一位新的驻华大使，叫维克特，是一位著名作家。他识货，特地以个人名义邀请格拉斯访问中国，并在使馆举行晚宴，把格拉斯介绍给中国作家和日耳曼学者。格拉斯带来一大堆刚出版的大部头长篇小说《鲽鱼》（一译《比目鱼》），分发给与会者。使馆放映了他的《铁皮鼓》电影录像，不少人感到害羞：色情场面太多太暴。接着他与在京的中国作家举行会谈，我当时没有资格参加。但他后来在北京大学举行的演讲和绘画展览我参加了，那是在哲学楼的大教室。周围墙上挂满了他的富有个性特色的画作，后来还收到过德国驻华使馆赠送的、以他的 12 幅绘画为陪衬的挂历。他的演讲不长，但朗诵的时间很长——这是德国文学的传统：介绍自己或别人的作品主要靠朗诵，所以朗诵晚会之类的活动是常见现象，连卡夫卡都是朗诵的爱好者。格拉斯这次朗诵的作品还是他带来的这部新作的片段。他非常投入，声音铿锵有力，抑扬顿挫的控制非常讲究，技巧娴熟，以至两边嘴角积聚起的两堆白色吐沫他也顾不上去擦。什么叫进入状态？这堪称典型一例。实际上格拉斯是个多面手，战后为生活所迫，他还学过雕刻、打击乐、吹鼓手等。

此后我的一位大学同学胡其鼎，他决心把格拉斯的代表作《铁皮鼓》给翻译出来。但他译了一部分后停下来了，我问为什么，他说色情描写实在太露骨，在我们国家肯定出版不了。我说，据说《查泰莱夫人的情人》都有人在译了，你这个算什么。随着改革开放的口子日益扩大，与世界接轨，这类现象自然就见怪不怪了。后来胡请示他的上级、人民文学出版社外文部主任孙绳武，孙也鼓励他译下去。于是，这部奇书终于在 1990 年由有眼力的漓江出版社推出了。

20 世纪 90 年代中期，我在瑞士为研究迪伦马特待了几个月。期间结识了瑞士最有名的小说家阿道尔夫·穆施克。当我提到格拉斯时，他"啊——"的一声叫起来："你也认识格拉斯？他是我的好朋友，因为我们都是社会民主党党员。""你们欧洲作家也介入政治？"我马上感兴趣地问。"一部分吧。我和格拉斯都是关心政治的。战后欧洲的政治太复杂了，没有社民党的努力，劳动阶层的利益谁去关心？1969年勃兰特的当选，格拉斯起了积极作用。而勃兰特胜选对德国的政治、经济、教育等方面的改革都起了明显作用。作家是人民的良心。"这次交谈，使我对格拉斯的社会角色和担当精神有了深刻印象。而那时国内许多作家由于众所周知的原因，正设法疏离政治呢。

90年代后期，我对欧洲17世纪的巴洛克审美风尚给予了很大关注。每次赴欧洲访学，我都用了相当多的时间对巴洛克的文学、艺术进行了解：访问有关学者、查阅有关资料，参观有关展览，购买有关图书。这时我发现，格拉斯的《铁皮鼓》与巴洛克小说，俗称"流浪汉小说"，有着惊人的相似之处。它们的共同特征就是一个"怪"字。人物形象的怪，故事情节的怪，思维逻辑的怪，结构方式的怪……难怪有人称其为"新流浪汉小说"。你看，小说主人公长到3岁、96厘米时，因窥见母亲与表舅偷情，就拒绝继续长高，决心与成人世界水火不容；他成为侏儒，但智商很高，胸前挂着一个3岁时得到的生日礼物——铁皮鼓，哪里纳粹分子干坏事，他就击鼓为号，表示抗议；他还有一种"特异功能"：发现异常事件，他就唱起歌来，震得教堂的玻璃哗啦啦破碎落地；母亲死后，其父念其"幼小"，让他不到20岁的后母陪他睡觉，结果他把她奸淫了，生了个男孩，公开身份是他弟弟，实际却是他儿子。法西斯垮台后，他凭着自己的心灵手巧，脑子灵活，从事过多种职业，很快发了起来。但他觉得钱多了无聊，就主动认了一桩杀人案，因而进了一家精神病院。他以倒叙的方法撰写他的自传，也就是本书的全部内容。

格拉斯在《铁皮鼓》中创造了一个性格鲜明奇特的"反英雄"的角色。他不认同流行的社会观念与道德习俗，他以45度的青蛙视角看穿成人世界在伦理道德礼规习俗掩盖下的种种卑鄙龌龊的事情，并给予无情揭露与嘲弄；对统治者的恶行给予致命性的轰毁。这部《铁皮鼓》与其后写的《猫与鼠》和《狗年月》一起合称"但泽三部曲"，是作者借以清算德意志民族从20世纪20年代中至50年代初这段历史耻辱的重要文献。格拉斯这种严肃态度与他的政治盟友勃兰特后来在被屠杀的犹太人墓前下跪是一致的。

巴洛克艺术在17世纪的兴起是一股巨大的创造能量。由于欧洲官方钦定的古典主义的压制，它被埋没了200来年。20世纪现代主义的兴起，某种程度上可以说是17世纪巴洛克基因的复活。只要稍加注意，各个领域都看得出来。《铁皮鼓》出版30年后其价值才被普遍觉察，正是巴洛克复活的势头日益彰显的结果。君不见，格拉斯于1999年获诺奖后，他用了一本书的篇幅与媒体谈他与巴洛克的关系。他甚至把德国表现主义最杰出的小说家德伯林看作他在这方面的导师。格拉斯多年来在社会上的表现特立独行、卓尔不群，难道我们不可以把他看作他的性格正是巴洛克塑造的结果吗？

如今这位生机蓬勃、不受约束的可敬可爱的汉子终于驾鹤西去，可他留下的那只铁皮鼓依然咚咚作响……

我国德语文学翻译 60 年

德语文学主要指操德语的几个国家的文学，包括德国、奥地利和瑞士，此外也包括散居在其他国家的、以德语书写文本的文学。位于中欧的德国，由于长期民族分裂，其文学的勃兴错过了文艺复兴时期，比起西欧、南欧诸文学大国要晚二三百年，直到启蒙运动时期，即 18 世纪中期，随着德国启蒙运动主将莱辛的崛起才见起色，至 18 世纪末与 19 世纪初，由于歌德、席勒这一对双子星的奇峰突起，德国文学达到顶峰，跻入欧洲文学大国之列。其旺火一直延续到今天。

但由于中国的长期封闭，德国文学直到 19 世纪末随着洋务运动的兴起国人才偶尔有所听闻，主要通过王韬、辜鸿铭等人的零星翻译才略知一二。真正的翻译到了"五四"时期才开始形成气候。自那以后，郭沫若、周学普、杨丙辰、商章孙、冯至等代表了新中国成立前的主要译者。

不过新中国成立前的德语文学译者中，真正德语科班出身的还比较少，英文转译比重较大，因此总体翻译水平不高。加上抢译、赶译风气颇重，错译、漏译、删译、胡译现象时有所见。

158

这种弊端到了新中国成立后才有了明显的改观。

新中国成立后的德语文学翻译界，冯至先生是个承上启下的领军人物。他首先是诗人，国学功力又好，是名著《杜甫传》的作者，更有 5 年德国留学的底子，是真正称得上"学贯中西"的理想的译者。新中国成立前他即以翻译歌德、席勒、里尔克等人的作品著称。新中国成立后，应出版社的要求，他首先再版了新中国成立前出版的海涅《哈尔茨山游记》，接着新译的《海涅诗选》出版，成为海涅诗译中影响最大的译本。20 世纪 50 年代后期，他为了培养学生，特地和他的硕士生杜文堂合译了《布莱希特诗选》，使中国读者知道了这位原以戏剧家闻名的马克思主义者同时也是杰出诗人。"文革"一结束，他又为人民文学出版社翻译了海涅代表作《德国———一个冬天的童话》。由于冯至的多重身份（诗人、学者、教授、系主任、中国作协副主席等），他能够用来翻译的时间是很有限的，以至他的一个终身心愿——重译《浮士德》最终未能实现。但冯至对于中国翻译界的意义，不在于他翻译数量的多寡，而在于他的严谨的译风一如他严谨的学风，为中国德语翻译界树立了良好的表率。他的译笔以信为宗旨，从不单纯追求辞藻的华丽；遇有费解之处，均作认真注释；凡重要作品，都写序文。如《德国———一个冬天的童话》的"译者前言"，就是一篇具有学术价值的论文。他也决不抢译，所以尽管他曾念念不忘翻译《浮士德》，但当他听说已经有人在译，他马上宣布放弃。冯至先生的这种学者风范，影响了德语翻译界的几代人。难怪我们这一领域迄今未发现值得让人诟病的典型。

50 年代后期，德语翻译界突然涌现出一位后起之秀——钱春绮。他于 1957 年由上海新文艺出版社一口气出版了海涅的《诗歌集》《新诗集》和《罗曼采罗》三部译诗集。三年后，他又连续抛出厚厚的三部诗歌译作：《德国诗选》《德意志民主共和国诗选》和德国民间史诗《尼伯龙根之歌》。我当即抽出几首与原文对照，觉得都还不错。钱先生之所以令人刮目相看，还因为他原来是学医的，而且已经在上海的一家有名的医院小有成就了，由于一下"跌入译海"，他干脆辞掉了医生这一行，毅然走上了终身的职业——诗歌翻译之路。钱春绮先生的最可贵之处，是他的选择的战略眼光：他首先把德语文学史上那些最值得译，而且最急需译的作家和作品统统笼在胸中，然后心无旁骛、专心致志地一部一部将它们翻译出来，即使"文革"期间被抄家、生活来源吃紧的情况下，他也没有失去信心，停止译笔。不然，"文革"后，他怎么能一下拿出那么多的译作相继出版。

60 年代有两位译者是值得一提的：田德望和傅惟慈。前者精通意大利文和德文，是功勋卓著的双栖翻译家。其最大功勋是退休后花了 18 年的时间攻下了但丁巨著《神曲》的翻译，其最大特点是注释性文字多于文本文字的 4 倍，获得翻译界和学术界的高度评价，堪称中国翻译史上研究型翻译的绝笔。但田德望作为翻译家的成名，却始于 60 年代初的德语翻译。他当时是北大西语系德语教研室主任。他的翻译成名作是高特弗里德·凯勒的中篇小说集《塞尔特维拉的人们》，包括六个中篇。为了学习，笔者曾逐字逐句地对照了其中两篇的原文，才知道不善言辞的田先生是个内秀型的学者，他对原文的准确理解和精妙的汉语表达，使我对他的翻译钦佩不已。凯勒是19世纪瑞士最重要的作家。田先生对他情有独钟。接着他把凯勒的长篇小说代表作《绿衣亨利》上、下两册也全部译了出来，于"文革"后顺利出版。这是德语文学史上最典型的"发展（或教育）小说"，是公认的世界名著之一。这个译本是田德望教授作为卓越的德语文学翻译家的里程碑。

傅惟慈教授也是双语翻译家，但我相信他的英语功底比德语更过硬。他借助双语的合力向德语翻译界贡献了另一部世界名著的好译本：《布登勃洛克一家》（上、下）。这是20世纪德国最杰出的作家托马斯·曼21岁时的天才杰作，是他献给新世纪的第一份厚礼（1901）。它通过一个富商家族5代人的兴衰过程，真实而生动地写出了德国从自由资本主义到垄断资本主义的发展历程，因其挽歌笔调而获得了"德国的《红楼梦》"之美誉。这是欧洲的批判现实主义高潮从19世纪中叶的西欧蔓延到19世纪后期的东欧（俄国），至20世纪初迁回到中欧（德国）的标志。这部巨著的成就加上后来的《魔山》（1923），导致托马斯·曼摘取了诺贝尔文学奖的桂冠。当然单是这两部小说的成就还不足以构成托马斯·曼现今的地位。他的出版于40年代的《浮士德博士》就思想的深度和风格的创意而言，都要超过他的以往作品。

中国的德语文学翻译一如中国绝大多数的其他外语文学翻译一样，都留下了"文革"的十年空白。但改革开放这 30 年来的新局面、新成就庶几可以弥补这十年的损失。

资格最老的《世界文学》当时充当了外国文学开放的主要窗口和阵地。笔者当时恰好就在这家杂志的编辑部工作，是见证者，更是直接参与者。开放的第一个步骤是破禁。这一思潮起始于 1978 年的下半年。证据之一是这年的下半年我大着胆子翻译了曾被视为颓废派的瑞士剧作家迪伦马特的代表作之一《物理学家》。证据之二是，当时编辑部决定以重评卡夫卡作为突破禁区、为现代派摘掉颓废派帽子的突破口，要我起草了《卡夫卡和他的作品》一文，与李文俊译的《变形记》一起发表在《世界文学》1979 年第 1 期上。该刊当时每期发行 30 万册，因此影响很大。此后我一连写了不少阐释卡夫卡的文章发表在多家报刊上，并在1986 年出版了《现代艺术的探险者》一书。与此同时，我从国外自 1916 年以来论述卡夫卡的论文中，选择了一些有代表性的论文集成《论卡夫卡》一书由中国社科出版社出版，以便让不懂德文的人也可以利用。这期间人民文学出版社也出版了由孙坤荣教授选编的《卡夫卡小说选》。90 年代中期，河北教育出版社决定出版"世界名家豪华书系"，笔者应约花了两年多时间，为其编纂了《卡夫卡全集》10 卷本（后合成 9 卷），全部由德文直接翻译，从而结束了德语文学界常常显得"人手不足"，因而一些重要作品包括卡夫卡的首先由英文转译的现象。

自 1978 年开始的头几年，我一直紧张地在两条道上奔跑：《物理学家》译本和几篇有关迪伦马特的文章一发表，立即引起戏剧界和出版界的兴趣，人民文学出版社马上约我再译迪氏几个剧作，以便结集出版。两年后我带着刚出版的《迪伦马特喜剧选》前往瑞士拜访了作者本人（1981 年秋）。这时上海戏剧学院正在上演《物理学家》。回国后北京人艺也开始排练迪氏的另一个代表作《贵妇还乡》（即《老妇还乡》）。迄今为止迪氏至少已有 7 个剧作被搬上我国舞台，是当代外国剧作家中在我国上演率最高的。迪伦马特同时也是拥有广大读者的小说家，他的小说如《法官和他的刽子手》等篇篇脍炙人口。这方面的翻译应归功于我的同事张佩芬女士，《迪伦马特小说集》就是她的译作。如同卡夫卡的"入境"对中国当代小说家产生巨大影响一样，迪伦马特亦然。如果前者可以残雪和余华为代表，后者则可由过时行与马中骏来作证。

在引进的现代德语作家中再一个必须提及的是布莱希特，在德语戏剧史上他甚至比迪伦马特更重要，因为他更具理论意义，因而更带普遍性。他是表现派剧艺学的创始者，与俄国斯坦尼斯拉夫斯基的体验派以及中国梅兰芳的表演风格并称世界三大戏剧流派。提出这一观点的著名导演黄佐临早在 50 年代末就把布氏的代表作之一《大胆妈妈和她的孩子们》搬上舞台。70 年代后期，他又支持原中国青年艺术剧院的导演陈颙一起排练了布氏的另一出代表作《伽利略传》，引起轰动。80年代前期，陈颙还把布氏的《高加索灰栏记》这一出著名的叙述剧展示给我国观众，反响很大。不久，中国剧协请来了日本由著名导演千稻是之执导、栗原小卷主演的布氏又一出叙述剧代表作《四川好人》，引起中国戏剧界的极大兴趣。接着，成都的川剧团也晋京上演了这出富含哲理又幽默风趣的叙述剧杰作，也受到首都观众的好评。90年代，解放军艺术学院的王敏教授，不顾50年代上海演出《大胆妈妈》的失败教训，毅然重排此剧，大获成功，说明中国观众对于表现派的戏剧美学的接受已经成熟。1998年，值布莱希特百年华诞，陈颙和中国青艺应我德语文学研究会之请，投入巨大人力物力，排练了布氏早期代表作《三个铜子儿的歌剧》，受到布莱希特国际学术研讨会和首都观众的高度评价，成为布氏剧作在中国舞台上的压轴之作。布氏的理论和剧作对中国当代戏剧的变革产生不容忽视的影响。两位当年在民主德国深造过的学者丁扬忠教授和张黎研究员对布莱希特的翻译和介绍做出了贡献。主要由于对以上三位作家的研究与翻译使笔者的人文思维和审美意识步入现代语境。

奥地利的现代主义文学一如她的现代主义音乐一样，不仅在德语国家，就是在世界都是首屈一指的。她有成打的大家享有世界声誉。例如罗伯特·穆齐尔就是一个有资格与卡夫卡平起平坐的巨子。他倾毕生之力写出的巨著《没有个性的人》，就是一部以悖谬思维书写的富含哲思的幽默杰作（可惜约有四分之一的篇幅被作者带离人世了）。但"文革"前我们对他却一无所知。80年代以来北大的张荣昌教授对它心仪20年之久，最后终于下决心耗费数年工夫将它译出，堪称译坛盛事。相信它的读者将与日俱增。奥裔英籍小说家卡奈蒂的代表作《迷惘》是用德语写成的，无疑属于德语文学。此书导致作者于1981年获得诺奖。不久就有章国锋和李士勋共同推出的中译本。章后来致力于德国文艺理论的研究，成绩显著。1973年客死于火灾的著名女作家巴赫曼现今也已有了中译本。

里尔克和霍夫曼斯塔尔是两位最有名的奥地利现代大诗人，早在20世纪30年代即引起译坛的注意，也有了零星的译作。如冯至译的里尔克《一个青年诗人的十封信》就相当流行。然而下半个世纪的前30年，因其现代面孔而让人敬而远之。近30年来，随着现代的被正名，人们带着久违了的歉意急速向他们趋近，争相翻译他们的作品。尤其是里尔克，不仅是他的诗歌，他的散文包括他的出色的艺术评论和大量致女性的书信都已经有了不少译本，有的正在翻译。关于他的诗歌翻译，最见功力的当推绿原的译本《里尔克诗集》。译者的本色是诗人，早年科班学的是英语。但他心仪最深的是德语文学，首先是歌德和里尔克，即使在命运的重击下，他也不改初衷，毅然在囚禁中自学了德文。如今他不仅有了厚厚的《里尔克诗集》，更有厚厚的《歌德诗集》和厚厚的《浮士德》。难怪2007年的中坤国际诗歌奖把唯一的汉语翻译奖授予了他。这可以说是命运对他的报偿了。

　　20世纪的瑞士文学至少有四位大家是不能不提的。属于上半世纪的首先是德裔瑞士籍作家赫尔曼·黑塞，既是卓越的小说家，又是出色的散文家和诗人，是上半世纪继托马斯·曼之后最后一位获得诺奖的德语作家。近30年来他的作品争相被翻译，被阅读，长篇小说《荒原狼》《玻璃球游戏》等都有了几种译本，其中赵登荣的译文是最值得称道的。这是个田德望式的译者，人内秀，文练达。他还翻译过卡夫卡、施尼茨勒、基希、席勒等多人的作品。黑塞的散文则有张佩芬的译本。再一位是罗伯特·瓦尔泽，小说家兼散文家，习惯于悖谬思维，作品颇具黑色幽默风味，故得卡夫卡赞赏。可惜命同荷尔德林，正值盛年即患精神分裂症。他也许因此被我国译界长期忽略。近年终于见到范捷平的译本《散步》，包括若干篇小说与散文。下半叶除了迪伦马特还有他的同时代人马克斯·弗里施，也是杰出的戏剧家兼小说家，在欧洲与迪氏齐名。他的两部戏剧代表作《安多拉》和《比得曼与纵火犯》，均被译成中文并被搬上首都舞台。他的小说代表作诸如《施梯勒》《能干的法贝尔》等，都已有了中译本。他的艺术风格更接近布莱希特，善于启人思考，而不像迪伦马特能引起受众情绪激荡。

　　二战后的德语当代文学可分为三代作家：20年代出生的，40年代出生的和"68"后出生的。但纳入译者视野的主要是前二代。第一代中被译得较多的是亨利希·伯尔、君特·格拉斯、马丁·瓦尔泽和西格弗里德·伦茨。果然两位获得了诺奖的都在其中，即伯尔和格拉斯。诺奖是翻译的指示仪，因此这两位诺奖得主的主要作品几乎都有中译本问世。其中最有价值的当推格拉斯的长篇小说《铁皮鼓》，它的清算法西斯的内容和"新巴洛克"的独特风格，以及"反英雄"的人物创作让人耳目一新，在美学上有显著突破，堪称二战以来德语文学长篇小说之翘楚，对文学创作颇有借鉴价值。译者胡其鼎早在80年代中期，即比作者获奖早约15年就开始翻译这部作品，是颇有眼力的。他能够使用德、英双语，还译有海涅、狄尔泰等多人的著作。

50年代，因为政治制度相同，民主德国的文学倍受重视，小说家安娜·西格斯、诗人贝歇尔和魏纳特、戏剧家沃尔夫等都被纷纷翻译。但从60年代起，第二代女作家克丽斯塔·沃尔芙的崛起，吸引了较多译者的注意，因为她凭她的政治敏锐，对民德专制式社会主义的诸多弊端提出质疑和批评。从《被分割的天空》到《童年楷模》到《卡珊德拉》，都反映出她的政治卓见。80年代以来，这些作品一部接一部被译了过来。但沃尔芙创作的年代正是德语文学发生美学转型的时期。沃尔芙在美学上没有跟上，但她的一拨同时代人却以崭新的风貌崭露头角：德国的海纳·米勒（原民德）、波多·施特劳斯；奥地利的彼得·汉特克、托马斯·伯恩哈特和埃尔弗里德·耶利内克。他们在主体性的口号下，强调极端主观性。人们在相当长的时间内对这类创作的后现代语境不得要领，迟迟不见他们的译作问世。但新世纪以来情况有了明显改观。我们对最主观厌世的伯恩哈特甚至还召开了国际性的学术研讨会，随即他的作品集也开始被译成汉语出版（《历代大师》，马文韬译）；戏剧被搬上北京舞台（《习惯势力》，曹克菲执导）；甚至《伯恩哈特传》（许洁著）也已问世。耶利内克的代表作《女钢琴师》（一译《钢琴教师》，宁瑛译）实际上在她获奖前就已经译出，获奖更使她的作品在我国的翻译形成热潮，也带动其他德语后现代的作品普遍被译界看好。

笔者对现代、后现代的译者们深怀敬意，因为这需要眼力，还需要勇气，常常要冒被冷落的风险。不像古典文学，名作名篇文学史上都有定评，选题比较容易、保险，所以译事较为热闹：同一部名著，往往有许多人在抢。但这不是坏事。

德语文学名著中被抢得最凶的，是被称为欧洲"四大名著"之一的歌德《浮士德》。新中国成立后的前30年，只有一部郭沫若的译本在流行。郭是杰出诗人，汉语功底极好，翻译自有他的长处。但郭氏毕竟德语未过硬，与原文出入较多。重译在所难免。迄今至少已有6个新译本问世。总的说各有千秋吧！不过还是可以比较的。就译文的精炼、老到而言，当推绿原的译本，显然得益于他的诗人本色。就原文表达的正确性而言，则杨武能、钱春绮和董问樵的译文都是值得嘉许的。四川大学的杨武能教授是德语界的多产翻译家，不仅翻译了歌德的许多作品，还翻译了其他不少作家的作品，包括托马斯·曼的《魔山》等。此外他还和刘硕良先生合编了《歌德文集》14卷。

我们队伍中再一个多产翻译家是张玉书教授，他分别是

《海涅文集》《席勒文集》和《茨威格文集》的编纂者和其中的部分作品的翻译者。当然他还译过其他作家的作品。

我们的高产翻译家显然还可以举出北大的张荣昌和南大的洪天富教授。二者的共同点都是几十年孜孜以求，心无旁骛，专攻德语翻译。洪天富还常常从事难度较大的理论著作的翻译，而且都撰写详细的前言，在研究的基础上进行翻译，学风极为严谨。

总结 60 年来的德语文学翻译成果，只有两句话：我们的队伍壮大了；我们的水平也相应提高了。约 15 年以前，德语文学中的许多重要作品，我们迟迟腾不出手来去碰它们，这使得力量比我们强的英语界朋友看得手痒痒，不由得一把抢去从英文转译。隔了一种语言难免准确性要出一些纰漏。这样的"殖民"现象现在基本上消失了！

德国散文漫议

　　人类发展的规律向我们呈示了这样的特征：在她处于散漫状态生活的时候却向往秩序，一旦建立了这种秩序以后，她又想挣脱它，重返自由。这种"否定之否定"的规律，无论在社会活动中还是艺术活动中莫不如此。就以后者为例：人类在最初从事文学或艺术创作的时候，完全出于自发。但久而久之，有了后人称为"诗学"的那一套法则。在欧洲，在诗的名义下，用韵文形式进行创作的，除诗本身以外，最初还只有戏剧和史诗，即叙事文学，但是没有现代人称为散文的这种体裁，虽然散文的存在实际上古已有之（如中国商周时代的甲骨文，堪称最早的散文）。但散文作为一种独立文体的存在则要晚得多，那是在它被赋予了一种美学品格以后，即人们视之为美文的时候。这时候人们对于艺术法则的观念开始放宽了，对于用韵文写作的规矩开始有些厌倦了，遂使他们把对于语言的审美意识诉诸散文。无怪乎，18世纪末，在席勒与歌德这两位巨人亲密合作期间，席勒在一封致歌德的信里有这样一段表述："我感到好像有某种叙述性的幽灵突然将我攫住，这也许可以解释为由于受了您的强大影响之故，但我并不认为它对戏剧性因素有什么损害，因为它或许是赋予这种散文体题材以一种诗的素质的唯一手段。"[1] 这时候，欧洲特别是法国的浪漫派正孕育着对以法国为中心的欧洲古典主义势力的美学反抗。古典主义对艺术形式的讲究和种种清规戒律日益成为文学艺术创作的桎梏，它后来的不断失势无疑为散文的得势客观上创造了条件。至 20 世纪 30 年代，德国继歌德、席勒后的另一位大戏剧家兼诗人布莱希特，一反千百年来欧洲人奉行的"戏剧性戏剧"的亚里士多德老路，提出"叙述性戏剧"的非亚里士多德主张，赋予这门艺术形式以某种散文的特征，反过来也可以说，他把现代戏剧美的某种特征（如理性）赋予了散文。对于散文地位的确立，欧洲文学中的另一位正宗显贵——诗歌也做出了让贤的努力：它从严格的格律诗发展到现在的无格律、无韵诗乃至散文诗，无形中对散文作为一门独立艺术形式的存在投了赞成票。

艺术的道路是没有国界的。因此散文的独立品格及其历史地位随着文学固有律条的不断松懈而突现出来，这一历史轨迹具有普遍性，至少中国就不例外。我们那比欧洲古典主义有过之而无不及的八股文早已成了历史的笑柄，我们的新诗冲破千百年的格律诗而横空出世，我们的现代诗也向无格律、无韵诗走去……

---

[1] 1797 年 12 月 1 日席勒致歌德信，见《席勒文集》第 2 卷 259 页，莱比锡，1958年版。

所不同的是，中国是个散文大国，散文作品不仅蔚为壮观（《古文观止》堪称其丰碑），而且历史地位的确立也远远先于欧洲。早在先秦时代，从当时的书籍（竹简）、记事、碑刻、铭语、论文、序文等文字中，就可以看出人们对美的追求了。后经两汉、魏晋南北朝到唐宋，可以说登峰造极，所谓"唐宋八大家"就是它的标志。然而这时候的欧洲还没有走出中世纪的宗教禁锢。就像整个欧洲文艺的命运都同这千年黑暗的历史密切相关一样，散文自然不例外。虽然广义的散文早在中世纪以前的古希腊繁荣时期就已经存在，柏拉图就是重要的一位。但真正的欧洲散文直到文艺复兴时期才获得它的确切定义，才找到它的坚实的代表人物，这个代表人物就是法国的蒙田（1533—1592）。语言在他手里立刻变活了，它蹦蹦跳跳地流淌着，而作者自己就在其中戏水，他的思想行为让人看得清清楚楚。蒙田的作品很快在国内外引起巨大反响，从而开一代新风。这股新风很快越过海峡，首先催动了英国散文的崛起，并且产生了堪与蒙田并驾齐驱的人物——培根（1561—1626），这位仅比莎士比亚大三岁的大哲学家，文学大国的土壤也赋予他丰富的文学细胞，他善于以简明、犀利的文笔阐述他的哲学见解、伦理观点、道德思考，成为近代英国散文的奠基者。与蒙田有所不同的是，蒙田似乎只一心写自己（"认识你自己"乃是欧洲人一个难以穷尽的古老命题），而培根则主要写世界。

外来影响毕竟须通过内因才能起作用，这一真理显然也被德国人在这一问题上证实了。众所周知，德意志民族是个严肃的、善于思辨的民族，她长时期一直习惯于形而上的思考，恪守严谨的、规范的语言规则，对于接受新的时代气息和新兴的文体并不敏感。所以虽然她直接与法国接壤，却并没有在这方面很快受到法国的影响，相反，德国人如黑格尔辈，压根儿就看不起蒙田这样的作家。也许就是这样的偏见，使德国人的散文史滞后了两百年，或者说丢了一个时代！直到18世纪中叶，以莱辛为代表的启蒙运动思想家出现的时候，德国文学界才开始突破以往形式主义的书卷气，随着新锐的思想出现了较明快的清新的文风，随之歌德、席勒、赫尔德、弗尔斯特等蜂拥而来，但作为散文家这些人都是兼的，严格讲德国始终就没有出现过像蒙田、培根这样专门性的散文大家。到了19世纪，当浪漫派兴起的时候，这种随笔式的散文才受到注意，德国浪漫派的领袖人物和理论奠基者之一——F.施莱格尔堪称第一位德国散文家，他对这一文体进行了深入研究，对德国散文起了推动作用。这时期德国作家师承的是英国的卡莱尔（1795—1881）、麦考莱（1800—1859）和美国的爱默生（1803—1882）以及法国的圣佩韦（1804—1869）、泰纳（1828—1893）和雷南（1823—1892）等。至此，源于拉丁文，后来人们用以通称蒙田、培根散文的 essay 这个字才由"格林兄弟"雅克布的侄子、艺术史家赫尔曼·格林（1828—1901）首次引进德语之中，而在这以前，德国人一直谨慎地使用"试笔"（Versuch）这个词。不过这时期德国的散文也有自己的特点，这主要体现在两位哲学家——叔本华（1788—1860）特别是尼采（1844—1900）身上，他们笔下的散文常常把哲学和美学甚至小说统一于一身，而且有许多警句的成分，不时闪烁着强烈的思想火花。而在另两位较早的作家——克莱斯特（1777—1811）和J.P.黑贝尔（1760—1826）笔下，则有一种逸事风格的奇观：每篇三两百字，短小精悍；它们或者是一个事件的白描，或者是一种物象的速写，幽默风趣。这一香火在卡夫卡（1883—1924）身上得到传承，在他那里，除了视角独特、语言幽默的特点以外，常常还抹去了随笔和小说之间的界线，令人称奇。20世纪较为杰出的散文家属于奥地利的还有卡尔·克劳斯，德国则有图霍尔斯基以及以小说著称的亨利希·曼。他们，尤其是前二位，都以抨击时弊为侧重点，讽刺和嬉笑怒骂构成他们作品的显著特色，颇有19世纪海涅政论的遗风。

至此，我们该对散文这个概念作一番界定了。因为上面的简略叙述还只是以蒙田和培根为坐标，对德国近代文学史上的类似作家和作品做了一些梳理。但是这类被称为essay的作品，相当于我们中国的随笔或杂文，尽管它们是正儿八经的散文作品，甚至可以说是散文中的一支劲旅，但它们毕竟涵盖不了散文的全部概念。当然，关于散文的确切概念，我们中国人的界定与德国人（以及其他德语国家的人）的界定是大相径庭的。德国人的散文概念比我们要宽泛得多。在他们那里，凡是非诗歌、戏剧体裁的作品均称为散文（Prosa，英文Prose），这样，它把虚构的叙事作品即小说这个大范畴也包括进去了。而在我们这里，散文除了形式上的散之外，还必须以内容的真为前提。因此，虚构性的故事如小说等，是被排除在外的。这个概念在中国文学中早就如此了。先秦的散文范围前面已提及。唐宋则以游记、杂文、传记、寓言见多。到了清代，进一步扩大了，而且划分得更加具体，如它在姚鼐的《古文辞类纂》中被分为13类：论辩、序跋、奏议、书说、赠序、诏令、传状、碑志、杂记、箴铭、颂赞、辞赋、哀祭。用现代眼光去看，这当然还不是最全的，至少还可以加上：通讯、演讲、书信、日记、报告文学、传单、广告、布告……总之，正如鲁迅所说："散文的体裁，其实是大可以随便的，有破绽也不妨。"（《怎么办》）

当然，这并不是说，凡是散的文字都可以称为散文。散文之所以称为散文，之所以能与文学中的其他三大体裁（诗歌、戏剧、小说）并立而存在，盖因它也是与一定的美学追求相联系的，这种追求表现在或者以睿智的思想给人以启迪，或者以幽默和诙谐给人以愉悦，或者以语言的精美给人以享受，故有人说她"形散而神不散"，神者，美之谓也。这个选本是提供给中国人阅读的，自然要按照我们的散文概念来选择德语文学史上的散文佳作。于是又有一批大师级作家突现出来，除了前面提及的18世纪的几位重量级的大师如莱辛、歌德、席勒等以外，19世纪的首先应该提到的是海涅，他那思想敏锐、辞采漂亮的政论至今令人激动，他那诗文并茂的优美游记和才气横溢的画论、乐论同样令人难忘。在他之后的冯达诺也是引人注目的，虽然他最后以"德国批判现实主义的先驱者"载入文学史册，但不要忘了，他最初是以《勃兰登堡游记》一书成名的。当然，19 世纪的德国浪漫派群星灿烂，如同他们在美学、诗歌、小说方面的成就越来越为世人所称道一样，他们在散文方面的贡献也是功不可没的。

20 世纪很快就要走到尽头了。这一世纪涌现的能称得上大师的作家几乎都可以盖棺论定，其名单并不比 19 世纪短，值得一提的大家在德国至少有托马斯·曼、布莱希特、德布林、G. 本、阿多诺、伯尔、格拉斯。20 世纪的奥地利文学是个奇迹，其拥有的世界级现代型作家可以说比德国还多：除卡夫卡外，小说家还有穆齐尔、布洛赫、卡奈蒂；诗人有里尔克、霍夫曼斯塔尔；戏剧家则有施尼茨勒，另外还有在我国拥有众多读者的茨威格和弗洛伊德。20 世纪的瑞士德语文学，自从 1923 年德国小说、散文大家黑塞加入瑞士籍以后，大大加重了它的分量。加上瓦尔泽以及二战后崛起的弗里施与迪伦马特，也颇为可观。

以上第二轮提到的作家系列有一个共同的特点：他们的主要业绩都不是表现在散文方面，而是在小说、诗歌或戏剧方面，但由于他们的巨大智慧和作家本色所决定，他们的散文也是熠熠生辉的。就风格而言，如果说蒙田式的随笔作家以议论性文字见长，那么这些非职业散文家则议论性、抒情性、叙事性的特点兼而有之，比起那些思想家锋芒较显著的随笔作家来，他们的诗人气质显得更重些。因此这两大不同类型的散文家及其作品，都有入选的资格和价值，在本书中都占有相当的比重。尽管德语国家迄今还很难找出一位足与蒙田等人相提并论的纯散文作家，但他们的个别甚或部分作品跻身于世界散文名作之列是无愧的。

在德语国家里，由于散文作为一门独立的体裁获得承认已经很晚（19世纪），因此研究它的人很少，而且仅限于随笔范畴。而按我们的散文概念进行研究并编选选本的根本就没有，这为我们编选这个本子增添了难度，因为我们自己对这门文学体裁也缺乏研究。因此勉为其难地接受了出版社的委托后，不得不临阵磨枪。鉴于近年来国内图书市场各种外国散文选本层出不穷，我们又不得不力避与人撞车，某些名篇只得割爱。这些因素无疑会对这个选本的理想性产生一定的不利影响。不过我们的初衷是想通过这个选本多少给国内的文学创作者和爱好者送去一些有益的参照。如果在这方面能基本实现自己的愿望，那我们就无悔无憾了。

奇峰突起的奥地利现代文学
——德语文学研究会第十一届年会开幕词

奥地利只有八万多平方公里的土地，不及我国大陆面积最小的浙江省；人口只有七百万，不及北京市的一半。这在世界版图上无疑是个小国。她在 20 世纪以前的文学史上值得一提的作家屈指可数，故人家干脆把它包容在《德国文学史》内，几乎未有争议。但自 20 世纪以来，奥地利的文学，首先是现代主义的文学，忽如奇峰突起，以至在世界文学的版图上，突然成了个大国。在短短的这一百年时间里，蓝色多瑙河这一小段沿岸所涌现的作家，产生世界性影响的至少有一打。你看：弗兰茨·卡夫卡、罗伯特·穆齐尔、莱纳·马利亚·里尔克、雨果·霍夫曼斯塔尔、赫尔曼·布洛赫、弗兰茨·韦尔弗、约瑟夫·罗特、阿图尔·施尼茨勒、古斯塔夫·迈林克、保尔·策兰、埃利亚斯·卡奈蒂、英格波尔格·巴赫曼、彼得·汉特克、托马斯·贝恩哈特、埃尔弗利德·耶利内克。这个名单还没有把施泰凡·茨威格这样的美学上属于传统的大家列入进去。这个名单的阵容显然大大超过了人口比奥地利多十二倍的德国。西方有人认为，20 世纪德语文学有五部堪称伟大的作品，其中有四部都在奥地利，那就是卡夫卡的《城堡》和《诉讼》、穆齐尔的《没有个性的人》以及布洛赫的《维吉尔之死》。此外奥地利还在理论上向世界提供了一位对现代主义的兴起和发展举足轻重的人物，这就是现代心理学的创始者、现代美学的重量级人物——西格蒙特·弗洛伊德。弗洛伊德打开了人的潜意识的大门，揭示了人的无限广阔的内宇宙空间，引导人类重新"认识你自己"，从而使文学具有了真正人学的本质。这个理论虽然还不够完善，但他的开创性意义是不可估量的。

西方的现代主义文学思潮可以说滥觞于18世纪末、19世纪初的德国浪漫派。但作为流派出现得最早的是法国的象征主义。然而步得最紧的是奥地利。奥地利文学向现代的突进有两个中心：一个是维也纳，一个是布拉格；前者略先于后者。继1886年法国早期象征主义发表宣言后的第四年即1890年，维也纳就开始形成一个由一批作家、批评家构成的文学小组，叫"青年维也纳"，以赫尔曼·巴尔（Hermann Bahr，1863—1934）为中心，成员包括霍夫曼斯塔尔、施尼茨勒、F.萨尔腾、R.比尔—霍夫曼、P.阿尔腾贝格、F.德尔曼、O.施特塞，以及后来批评这个流派的早期卡尔·克劳斯等。他们的宗旨是抛弃自然主义，而转向象征主义、印象主义、新浪漫主义以及"青年风格"等流派，也有部分人追随颓废派。1891年巴尔发表的《克服自然主义》一文，可视为他们的纲领性文献。他们先后出版了《现代评论》

（1890—1991）《维也纳评论》（1896）和《时代》（1894—1904）等刊物。至1897年"青年维也纳"的活动基本终止。1900年，这个文学群体的一些核心人物又重新组织起来，改名为"维也纳现代派"，直到1910年表现主义兴起为止。这个流派对奥地利现代文学的兴起和发展是有贡献的：他们在德语文坛及时告别了其审美能量已趋耗尽的模仿论美学，较早地接受了"表现论"美学，运用并宣传了一些新的表现方法和技巧，从而对促进德语文学划时代的美学转型起了先锋作用。其中有两位作家后来还成了享誉世界的大师，即霍夫曼斯塔尔和施尼茨勒。后者早在西方几位意识流大师成气候以前，即1990年就用内心独白的新手法写了小说《古斯特尔少尉》，可以说是意识流创作的先声。

1910至1920年是德语文学圈表现主义的高潮时期。"维也纳现代派"历史地消亡，其一部分成员汇入了表现主义运动。这期间，奥地利现代主义文学运动的中心明显地从维也纳转移到了布拉格。布拉格自19世纪末至20世纪头三十年产生了一批有世界影响的德语大作家，如里尔克、卡夫卡、韦尔弗、迈林克、基希、勃罗德等，以至形成"布拉格德语文学现象"这样一个新概念。这里我们又遇到一个有趣的大与小的反差现象，即约占全国人口1%的德语人群一时间居然成了全国现代文学运动的主要风景。其中的关键人物是韦尔弗，他是著作等身的小说家、戏剧家、诗人、散文家，在表现主义运动中是个领袖人物。卡夫卡、勃罗德、维利·哈斯、乌尔茨迪尔等都积极参与他的活动，并彼此成了朋友。

不是现代文学的所有扛鼎人物都直接参与了文学运动。像穆齐尔、布洛赫、卡奈蒂等人，他们的成名作或代表作都是在这些运动之后，也就是 1920 年代后期与 1940 年代前期写成的。这时期文学运动的弄潮儿们，首先是西班牙的、法国的以及德国的，基本上都放弃了美学变革的努力，而投身于反法西斯的斗争，因而传统的模仿论思潮有所抬头。然而上述几位大师却义无反顾地运用现代主义的思维和方法表达着自己，尽管他们当时并不被人们所理解和认同，而他们自己也不在乎这些，说明现代主义思潮已经深入他们的骨髓。这不禁让我们想起了卡夫卡年轻时的那句名言：“上帝不让我写，但我偏要写！”

第二次世界大战以后，奥地利的现代文学依然保持着不懈探索、锐意求新的势头，以至出现了像彼特·汉特克、伯恩哈特、耶利内克等这样一批已被世界普遍公认的“后现代”名家。他们以崭新的、不与世俗同流合污的姿态，以新颖独特的表达方式导致了奥地利乃至整个德语国家当代文学的美学转型，从而为 20 世纪以来的奥地利文学进一步赢得世界声誉。耶利内克新近获得的那项最具国际威望的奖励，某种程度上也反映了世界文坛对奥地利这一代新锐作家的肯定。

以上描述的仅仅是一种现象。作为文学研究者，重要的是回答：为什么偏偏是奥地利会产生这样一批“偏要写”的作家？是哪些因素刺激了他们这种“偏要写”的犟劲？这无疑是一个复杂而艰难的问题。显然，离开社会学的方法来诠释这样一种现象是有困难的。不错，从表面上看，奥地利是个美丽的、文明的国家，但一深入内里，也许就不是这样的了。而且还需要把它与欧洲的其他国家相比，更需要追溯它的历史。自13世纪以来，奥地利始终是由一个王朝即哈布斯堡王朝家长制式地统治到底的，直到1918年因参与发动世界大战而垮台。作家某种程度上都是思想家，真正的作家是民族乃至人类良知的代表。像卡夫卡、穆齐尔、耶利内克这样一些高智商的作家，凭着他们那种天生的敏感和圣灵般的洞察能力，可以说是处于社会最内里的正义警察。警察的职业习惯，一心只注意那些不合法度的消极事物。难怪卡夫卡说：我的与生俱来的天性是对世界消极面的兴趣，我把它集于一身。这么多有害的东西堆积在心头，形成巨大的块垒，不把它排解掉，怎么受得了呢？因此卡夫卡发出撕肝裂胆的喊叫：我内心有个庞大的世界，不通过文学途径把它引发出来，它就要撕裂了。于是写作成了他"从内心向外部的巨大推进"。可见，在卡夫卡这批智者的身上，始终背负着沉重的精神十字架，承受着生命不能承受之轻。在这种情况下，表达就是生命的一切，是生命存在的唯一价值。为此，个人的婚姻、健康以及"一个男子生之欢乐"所必备的一切，统统可以弃之不顾。隔了两代，卡夫卡等人的这种精神到了耶利内克这一代身上并未随着社会的某些进步而减退，相反，有过之而无不及。耶利内克的那种严峻性，那种决绝态度，俨然像个全副武装的斗士，面对着社会的、文化的乃至政治的强大对手，不但作家的桂冠对她无足轻重，就是斯德哥尔摩的百万重奖也不能令她心动。

诚然，如果仅从社会学的角度，从形而下出发去理解现代主义文学肯定是不够的。在任何国家的作家群体中，能称得上现代主义作家的仅仅是极少数。这少数人之所以成为现代主义作家，首先因为他们是思想家。作为思想家，他们思考的就不仅仅是某个具体的国家或社会，而是人类整体的存在。这样一种思考固然也是从作家的生存环境出发的，但他的目标不是寻求那种可体认的形而下的回答，而是追求超验的形而上的哲学解释。然而，他们这样做的结果，却遇到一个无法克服的哲学难题，即他们发现，人类文明越发展，不是世界越美好，人性越完善；相反，人的自然本性日益丧失，人类生存危机不断加剧。这使他们困惑不已。无怪乎卡夫卡晚年曾这样慨叹：我总想把世界重新审察一遍，可惜来不及了。可是卡夫卡没有想到，这个令他感到陌生因而无法接受的异化世界，这个一方面进步有多大另一方面倒退也就有多大的悖谬世界，并没有随着他逝世八十多年的岁月而变得更好，不然，卡夫卡的后辈伯恩哈特就不会带着比卡夫卡更加绝望的情绪离开人世，另一位女杰耶利内克也不至于那样气急败坏地不停跺脚。但这些作家的态度是完全严肃的，是有高度责任心的，他们的思考的价值就在于向人类敲起警钟，力图减缓人类的慢性自杀。从形而下的观点看，人类社会固然需要像约翰·斯特劳斯那样的闭着眼睛的媚俗歌唱者，但更需要像卡夫卡、穆齐尔、耶利内克那样的睁着眼睛的精神守望者，尤其在物欲横流的今天。

由于现代主义作家某种意义上都是思想家，这导致了现代主义文学，尤其是奥地利的现代主义文学一个非常突出的特点，即文学与哲学的交融（或联姻）。虽然这是古已有之的现象，但是任何时候都没有像现代文学那样，其哲学味道渗透得那么浓烈。这完全是现代哲学家与现代文学家非常自觉的双向追求的结果。从哲学那方面说，从克尔恺郭尔到尼采、海德格尔、胡塞尔、萨特等，无不竭力要把文学当作图解哲学的附庸，而文学家也一心要让哲学来担当文学的灵魂。卡夫卡就曾强调说："我总是企图传播某种不能言传的东西，解释某种难以解释的事情。"穆齐尔的观点则更加鲜明，他说："人们需要哲学等就像以前需要宗教一样。"赫尔曼·布洛赫也说：要在文学中寻找"科学与艺术的结合"。这里的科学显然不是指自然科学，而是理论。崇尚哲学，这是一股广泛的思潮。越出奥地利，我们可以看到更多这样的言论。例如布莱希特就这样说，现在"戏剧成了哲学家的事了，也就是说，戏剧被哲理化了"。意大利的皮兰德罗是这样表达的："这是一些富有哲学意味的作家，不幸的是我就是这样的作家。"法国加缪的口号更为响亮："伟大的文学家是一些伟大的哲学家。"这种现象在其他艺术门类也有强烈表现，例如德国画家 Otto Mueller 就宣称："有朝一日要为哲学家建造天堂。"等等。这样一来，文学的内涵变得更加深奥，同时往往也更有分量。不过，这增加了阅读和研究的难度，尤其是那些具有多重解释性的作品。这里我想请大家注意一个关键词：Das Paradoxon，哲学中叫悖论，物理学中叫佯谬。这原是一个哲学概念，不少现代作家把它变成美学手段，并且取得了极大的成功。如美国的约瑟夫·海勒、拉美的许多魔幻现实主义作家、瑞士的迪伦马特、苏联的阿赫马托夫、捷克的昆德拉，再就是卡夫卡和穆齐尔。

现代主义运动既是人文观念的革命，又是审美观念的革命。前者已如上述，体现在文学对哲学的追求之中。哲学也是跟现代哲学，主要是与存在哲学有关。审美观念的变革的主要特征，表现在审美视角的内向转移。审美视角的这一变换，开掘了人的内在空间，或曰内宇宙，从而强化了"文学是人学"的特性，有助于唤起对危机中的个人命运的关注，丰富了表现手段。

现代主义文学思潮的第三个特征是：想象向神话回归。

文学和艺术最初都是从想象出发的，上天入地，想象非常自由，产生了大量丰富而美丽的神话作品。但是正如雨果所说：再美的东西重复一千遍也会使人疲倦。于是人们从天上回到了地上，觉得还是生活本身更美，于是诞生了模仿论美学。但久而久之，模仿又使人疲倦了，因为"现实已经存在那里了，再去复制它有什么意思"。于是人们又觉得还是想象好，从而建立在想象基础上的表现论美学应运而生。H. 伯尔自然不是现代主义者，但他也认为："真正的现实是想象出来的。"日本文论家内多伊说："从 16 世纪起，文学＝人生。但 20 世纪文学与人生之间已不再拥有独占关系。人们越来越意识到文学与神话的关系。"

郭沫若凭他艺术嗅觉的灵敏也发现："20世纪是神话的世界再生的时代，是童话世界再生的时代。"

历史的发展常常有它的相似之处，是呈S型的。这种现象，用萨特的话说："我们更愿意说它回归一种传统。"这种回归不是对古代神话的历史复写，是对古代神话的历史出发点的再肯定，是按否定之否定规律向更高层次的上旋，是想象性形式的回归。如果说，古代神话反映人对自然力的崇拜与亲近，现代神话则反映人对异己力量的恐惧与梦魇。如果说，古代神话是人的想象习惯于在外宇宙天马行空，现代神话则是人的想象常常在"内宇宙"自由驰骋。像《城堡》《诉讼》《维吉尔之死》《梦游人》《没有个性的人》《铁皮鼓》《尤利西斯》《追忆似水年华》《喧哗与骚动》《百年孤独》等作品，只有将它们与现代神话相联系的时候，才是可以理解的。

现代主义文学思潮呈现的第四个特征是，形式和风格的多元并存。从文学史上看，一个时代有一个时代的审美风尚，某一个时代只有一种审美形态或艺术风格享有独尊地位。现代主义兴起以来，这种现象已经一去不复返了，多流派、多形式、多风格、多手段的相互并存成了常态。同一部作品往往各种手法无所不包。

像彼特·汉特克、伯恩哈特、耶利内克等这样一批已被世界普遍公认的后现代名家，以崭新的、不与世俗同流合污的姿态，以新颖独特的表达方式，导致了奥地利乃至整个德语国家当代文学的美学转型，从而为 20 世纪以来的奥地利文学进一步赢得世界声誉。